憑き御寮　よろず建物因縁帳

内藤 了

写真——Getty Images
デザイン——舘山一大

目次

藤沢本家博物館敷地図

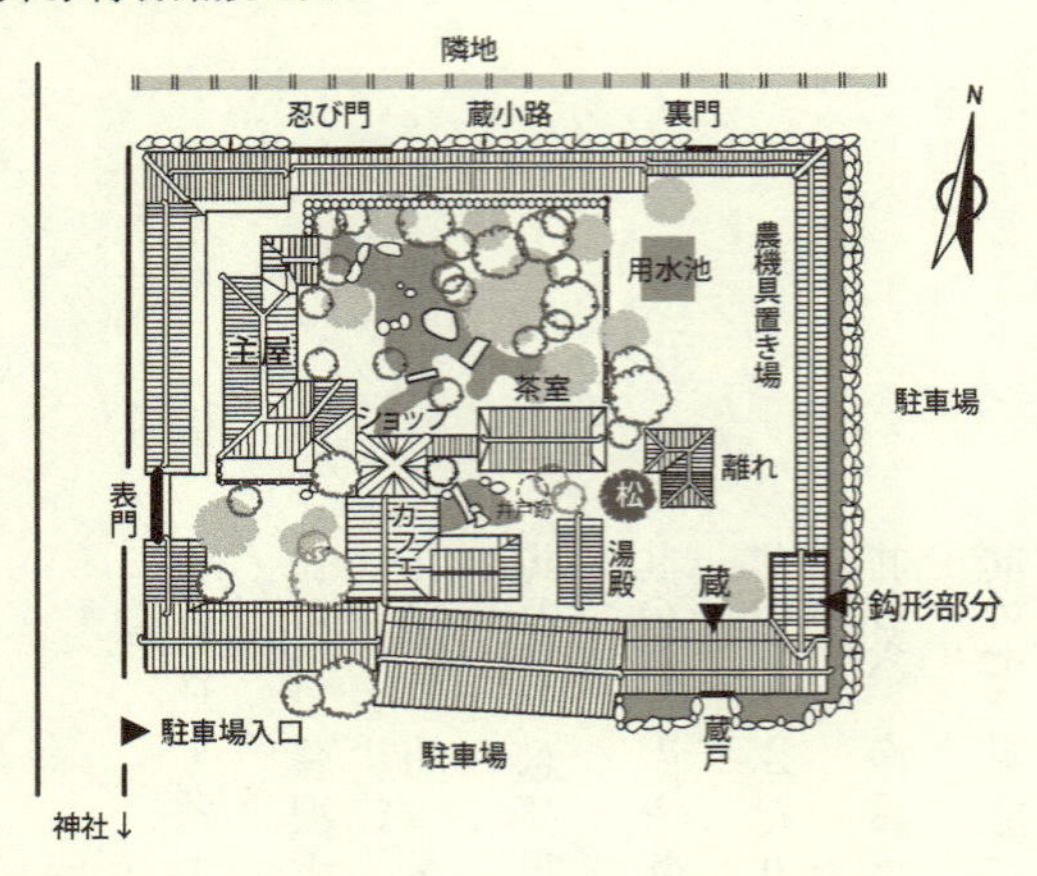
隣地
忍び門
蔵小路
裏門
N
農機具置き場
用水池
主屋
茶室
ショップ
駐車場
離れ
松
表門
カフェ
湯殿
蔵
鉤形部分
駐車場入口
駐車場
蔵戸
神社↓

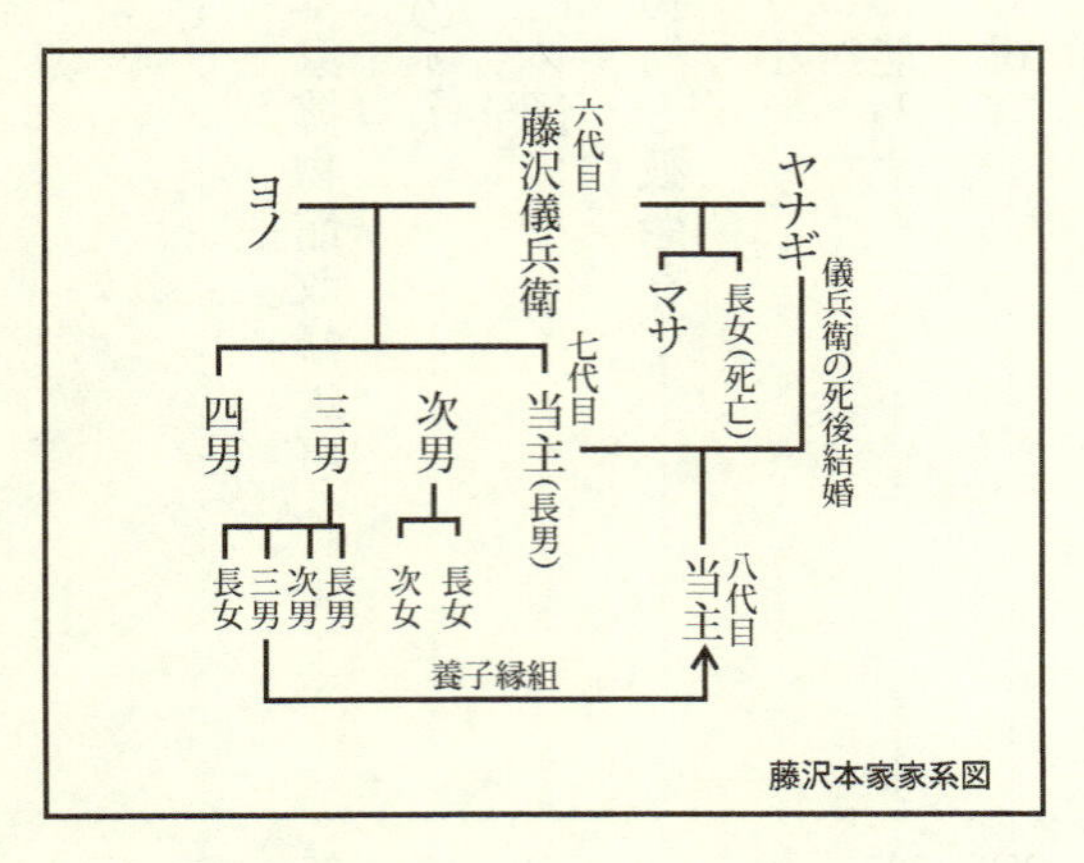
六代目
藤沢儀兵衛
ヨノ
ヤナギ
マサ
長女(死亡)
儀兵衛の死後結婚
七代目
当主(長男)
次男
三男
四男
長女
次女
長男
次男
三男
長女
八代目
当主
養子縁組
藤沢本家家系図

登場人物紹介

高沢（たかざわ）春菜（はるな）――広告代理店アーキテクツのキャリアウーマン。

井之上（いのうえ）勲（かおる）――春菜の上司。文化施設事業部局長。

守屋（もりや）大地（たいち）――仙龍の号を持つ曳き屋師。鐘鋳建設社長。隠温羅流導師。

守屋治三郎（もりやじいちろう）――鐘鋳建設の専務。仙龍の祖父の末弟。棟梁と呼ばれている。

崇道（すどう）浩一（こういち）――鐘鋳建設の法被前職人。あだ名はコーイチ。

加藤（かとう）雷助（らいすけ）――廃寺三途寺に住み着いた生臭坊主。

小林（こばやし）寿夫（ひさお）――民俗学者。信濃歴史民俗資料館の学芸員。

長坂（ながさか）金満（かねみつ）――長坂建築設計事務所の所長。春菜の天敵。

憑(つ)き御寮(ごりょう)　よろず建物因縁帳

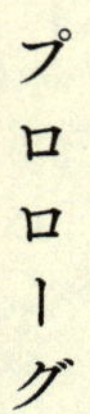

プロローグ

ぎしり。

床板が湿った音を立てたあと、続けて、ぴしっ、と、どこかが鳴った。天井の隅か、壁の隙間か、暗がりのどこかが鳴り続けている。淀んだ空気は冷えて重たく、築数百年を経た木と漆喰の匂いが肺の奥まで染みてくる。さほど奥行きもない廊下のはずが、柱も貫も奥へ行くほどますますぼやけ、果ては闇に呑まれている。廊下の巾は約一間（約一・八二メートル）。かつては畳敷きになっていたと思われる。

土蔵の廊下を中程まで進んでから、長坂は足を止め、暗さに目が慣れるのを待った。スマホのライトを使わないのは、ここにいることを誰にも悟られたくないからだ。改修工事の現場であっても、立ち入り禁止区域を設計士が徘徊していいということにはならない。それでも旧家は廃棄物の中にお宝が交じっていることがあるので、事前の調査が欠かせないのだ。処理してよいと言われた場合は懇意の業者に搬出させて金に換えるが、本当にガラクタばかりなら下請け業者に処分させ、追加料金は支払わない。何も言われなかった場合はこちらの自由だ。つまるところ、頭のいい奴が努力をすれば鬼に金棒なのだと長坂は思う。特にこの廊下は壁で塞いでしまうことになっているから、何があるか調べておいて損はない。

暗さに目が慣れてきたので、長坂はさらに奥へ進んだ。足下に何があるかもわからないので、うっかり躓かないよう摺り足になる。

豪商と謳われた藤沢家は物を大切にするのが家訓で、家具調度はもちろん、子供の玩具から衣類まで、あらゆる品が丁寧に保存されてきた。建物も同様で、三千坪におよぶ敷地の中は隅々まで手入れが行き届いている。建具、柱、壁からガラスに至るまで、屋敷の材すら宝の山だ。

そろそろと歩くことしばし、長坂は廊下の端に辿り着いた。この土蔵は長方形の本体に鉤形の部分が付いていて、廊下を含む鉤形部分が立ち入り禁止になっている。その理由はわからないが、施主はこの部分すべてを改修工事で塞いでほしいと言っている。

廊下の奥に何かあると睨んでいたが、案の定、どん詰まりに年季の入った水屋簞笥が置かれていた。暗くて細部まで目が利かないが、水皿を模した細長い板を鋲で打ち止めた精巧な造りだ。長坂はほくそ笑み、簞笥の中に古い食器などが残されていないか調べたが、残念なことに空っぽだった。まあいい。簞笥だけでも百万円近くの値がつくはずだ。それにしても、空の簞笥がなぜこんな場所にあるのだろう。

はて、そういえばおかしいぞ。と、長坂は天井を見上げる。

鉤形部分を外部から見た印象と、歩いてきた廊下の長さが合わない気がするのだった。

天井はたしかに箪笥の後ろで終わっているが、よく見ると、そこで壁が下がっている。下がり壁は扉をつけるための仕様でもあるから、建物はここで終わっていない可能性がある。

箪笥の巾は約四尺。それが廊下の真ん中に鎮座しているので、左右の空きは約一尺（約三十センチ）ずつだ。両側から太い柱が突き出しているから、実質は各々二十センチほどの隙間しかない。隙間から奥を覗いても暗いばかりで何も見えず、水屋箪笥を動かそうと試みるも、無垢材の堅牢な造りでビクともしない。

「ちっ」

長坂は舌打ちして、ついにスマホのライトを点けた。

文明の利器のありがたさよ。強力な光に床板が浮かび、高価な檜であるとわかった。

これも金になる。と、長坂は思う。

続いてわずか二十センチの隙間を照らすと、思ったとおり、箪笥の奥は引き戸であった。なんの作為もない戸ではあるが、戸があるならば、部屋もある。つぶさに建具を照らしてみると、それが赤欅で造られているとわかって興奮した。レアものだ。値下げする気はないのだが、改修工事の金額を若干下げたとしても割に合う。赤欅の一枚板を使っているのなら、こんな古い戸二枚でも、やはり百万円以上の値がつくからだ。頭の中で両手を摺り合わせながら算段をする。箪笥も引き戸も床板も、廊下を塞ぐ前に持ち出して、古物業者に売り払おう。奥にはもっとお宝がありそうだ。

背伸びして隙間を覗き見ようにも、箪笥が邪魔をしてうまくいかない。

「くそ」と、長坂は吐き捨てた。

邪魔くさい場所に水屋箪笥なんか置きやがって。建物は風を通さないといたみが早いのに、これじゃあ引き戸すら開けられないじゃないか。そこいらの家ならいざ知らず、藤沢家に限っていえば家訓にそぐわないことだろうが。それにしても……

と、長坂はまた考える。

この奥の部屋は空っぽだろうか。古くて無価値だと思っていても、現代ではお宝に変わる何かが残されているのではないだろうか。たとえば扉が、たとえば壁が、床材などの建材が。そう考えると、どうしても中を確かめたくなる。

水屋箪笥は奥行きが一尺五寸ほどもあり、思い切り腕を伸ばしても引き戸にようやく指先が掛かる程度だ。長坂は体を傾けて、箪笥と壁の隙間にぐいぐいと食い込ませていった。ついに引き戸に指が掛かったその瞬間、電流のような衝撃を感じた。

「痛てっ」

小さく叫んで手を引っ込める。ささくれた木材で引っ掻いたのか、指先に血が滲んでいた。長坂は滲み出た血を振り払い、まだ出る血を口に含んだ。

畜生、どこで切ったんだ？　と、再び隙間を照らしてみると、白いものが浮かび上がった。それは猛禽類の爪のような三本指の文様が描かれたお札で、引き戸と柱をつなぐように上下二ヵ所に貼られていた。

「くそ忌々しい」

長坂は胸ポケットをまさぐると、ボールペンを取り出した。

「この野郎……」

戸と柱の隙間にペン先を突っ込み、そのまま移動させてお札を切り裂く。苦労して一枚を裂いた後、爪先を伸ばして体を傾けながら、もう一枚も分断する。そのときだった。

かたんっ！　と、音を立てて戸が開いた。

開いたといっても指二本程度の隙間だが、埃と、黴と、形容しがたい臭いが溢れ出て、長坂は顔をしかめた。

「くっせえな……こん畜生」

鼻を塞ぎたくても片腕は箪笥を抱いて体を支え、片腕はお札を裂くため戸のほうへ伸ばしているので不可能だ。ともかくこれで中が覗ける。目を凝らせば隙間の奥には明かりがあった。高い位置から差し込んで、せまからぬ空間に落ちている。奥の部屋は結構な広さで、床には畳が敷かれていて、その上に乱れる艶やかな色彩が目に飛び込んできた。

紅に乱れる花や鳥。黒地に白い菊の花。錦の紅葉、金銀の鶴、そして赤い腰巻きなど。豪奢な着物や帯などが、脱ぎ散らしたかのように乱れている。

なんだ？　と、長坂は目を瞬いた。

そして再び目を凝らすと、今度は引き戸のすぐ奥にある無骨な格子に気が付いた。赤欅の引き戸の裏には格子の扉があったのだ。頑丈な格子戸越しに、絢爛豪華な着物が乱れる畳敷きの部屋が見える。なぜ？　どうして？　そして長坂は気が付いた。

座敷牢。ここは座敷牢だったのだ。

そう思ってもう一度奥を覗くと、さっきまで洪水のように渦巻いていた着物や帯はどこにもなくて、明かり取りから漏れ落ちる淋しい光が腐りかけた畳を照らしていた。畳は爪で引っ掻いたようにささくれて、幾筋もの傷があり、所々にどす黒い澱がある。激しい腐敗臭は呼吸すら苦しくなるほどで、それと一緒に湿った風が吹いてくる。

長坂は無言でクルリと踵を返した。

薄暗い廊下をそそくさと戻り、トイレから戻ったような顔で土間へ下りたとき、

「おや、先生。こんなところでどうしましたかね？」

と、声を掛けられてギョッとした。それは屋敷内の玉砂利を管理している職人で、彼は本当にトイレから出てきたところであった。

「どうってなんだ？　何が言いたい」

憮然として長坂は怒鳴った。

「そっちこそ、中庭の砂利に黒石が混じっていたぞ」

うまく靴が履けなくて、長坂は余計にイラついた。砂利に黒石が混じっていたなど口から出任せだったのだが、立ち入り禁止の場所で何をしていたのか、詮索されてはたまらない。自分は長坂建築設計事務所の所長様なのだ。一介の職人風情に気安く声を掛けられては困る。そういう顔を取り繕うと、彼は口をへの字に曲げて、

「そりゃどうも。あとで見て拾っておきます」

と、件の廊下へ目をやった。

「この奥で、何かあったんですか？」

「何を言っているんだきみは。ここは立ち入り禁止なんだよ。知ってるだろう？」

野良猫を追い払うようにしっしと手を振ると、職人は悪気のない声で、

「ほうほう、じゃ、何なんですかね、この臭いは？」

と、鼻をこすった。

「奥で何か、動物でも死んでいるんじゃないですかい？」

「そんなわけないだろう。自分の持ち場をちゃんとやっとけ！」

長坂は声を荒らげて、逃げるように土蔵を飛び出して行った。

「てやんでえ、べらぼうめ。先生だかなんだか知らねえが、威張り腐りやがって」

舌打ちで長坂を見送ってから、彼はまた立ち入り禁止の廊下へ視線を戻した。臭いもだ

が、なぜだか急に、凍るほどの冷気が足下を撫でていく。

黒々と口を開けた廊下の奥から、冷気とともに苛烈な腐臭が湧き出して、それに混じってふと白粉が香ったように思えた。とたんに足が、ひゅっと滑った。見えない手に足首を摑まれて、引かれたような感覚だった。

――……ねえ……――

足首をなぞる指の冷たさ。見えない何かの気配を感じ、その生々しさに恐怖を覚えて、職人は振り返る。長坂の去った土蔵の外はすでに夕闇が濃くなって、寂しい庭で松の木の揺れる音がする。

――ねえ……――

足首に感じた細い指は、次第に向こう脛を這い上がり、太股をさすって下腹をまさぐり、やがて胸のあたりまで来たときに、彼はそれが女の指だと実感した。

――お出やれ……こっちへ……いいもの見しよう……――

濃厚な白粉の匂い。体は板のように硬直し、足が動かない。見えない指は弄ぶように胸元を這い、首筋に至る。胃の裏側が痺れて、震えて、声すら出ない。その瞬間、無骨な彼の指先を、女の白い手が引いた。細くて冷たい指だった。思わせぶりに指先を、赤い帯締めに誘導する。お出やれ。こっちへ。いいもの見しよう。

「なんだ？　いいものって」

わかっているのに彼は訊いた。うふ……うふふふ……痺れるほどの白粉の香り。その奥で、チーンンンン……と、鉦の音がした。お出やれ。こっちへ。お出やれ。こっちへ。引かれる先は暗闇で、ザワザワと松が鳴っている。ほれ……ほれ……女に誘われるまま、彼は赤い帯締めをほどく。まだ昇りきらない月の影が屋敷の屋根を黒々と染め、群青の空に星が瞬く。そうれ、それ。あんしゃ……これが愛しかろう……？　そうれ、それ。

翌朝。現場でひとりの職人が死んだ。

見つけたのは早朝作業に入った清掃業者で、職人は蔵の前に植わった松の下に両足を投げ出して、座したまま死んでいたのだった。その顔がまるで笑っているようだったので、初めは死んでいるとは思わなかった。どこで拾ったか、赤い帯締めを握っていたのも不思議であった。検視の結果、事故や事件などではなく過労による心不全ということで、工期も迫っているため施主が簡単なお清めをして、工事は今日も続いている。

「なんか風がな」

数日後。左官職人の親方が現場でお茶を飲みながら尻を掻いていた。煙管代わりに電子煙草をふかしつつ、工事中の蔵へ顔を向ける。

十月上旬の午後三時。職人たちは思い思いの場所に集まって、それぞれ休憩を取っていたが、元請けの長坂がこの時間に現場へ来ることはないのでのんびりしている。

休憩時間に元請けが現場にくる場合は、下請け業者にお茶などを差し入れるのが慣例になっているからだ。

「現場で死人が出ちまうと、こんなに風が変わるもんかな。俺は気味悪くて仕方がねぇや。それとも風が変わったから、あんな障りがあったのかなあ」

親方が見上げる先は土蔵の梁だ。裏庭の左官現場からは開け放たれた土蔵内部が見えるが、まだ照明工事も終わっていないので、座った位置から見る天井は黒々と闇が貼り付いている。一緒に休んでいた弟子の一人が、自分の腹巻きをまさぐりながらこう言った。

「親方いつも言ってましたもんねえ。土蔵の廊下が気味悪いって」

「そうともよ。やいや。やっぱり何かあったんじゃぁねえのかな。前はほれ、その立ち入り禁止のよ、廊下ばかりが気味悪かったが、今はそこいら中の風がおかしいよ。なんつうか濁った感じがするんだよ。特に、砂利職人さんが死んだあたりから」

そういえば、と、弟子も首を傾げた。親方についてようやく二年の見習いだが、七十に近い親方や兄弟子よりも図体が大きく、名前も大口という若者だ。

「ごっしゃん。なんかあったっていうなら、俺、こないだ長坂先生と……」

土蔵の前に胡坐をかいていた親方は、お茶を置いて大口を見上げた。『ごっしゃん』は糀坂町あたりの方言で、親方や師匠などを意味している。

「……死んだ職人さんが話しているのを聞いたんですよね」

「ほう」

親方はそう言って煙を吐いた。

「トイレへ寄って帰ろうと、蔵の前を通ったら、廊下のそばで話していたんで」

「廊下ってなぁ、あの廊下かい？」

「そうです。親方がいつも、なんか気色悪い、風が来るって言ってる廊下です。長坂先生は機嫌が悪そうで、職人さんは、奥で何かあったんじゃないかと訊いてましたが。様子からして、先生が廊下へ入っていたみたいでね。動物が死んでいるとかなんとか」

「動物が死んでいる？」

親方は、むっという顔で腰を浮かせた。

「や。実際に死んでいたのとは違うと思うんですが、そのときは俺も臭ったんですよね。なんてか、古い干物みたいな、生臭いのと、あとは化粧品の匂いというか……」

大口は鼻をこすって、

「長坂先生はなんだって、あんなところへ入ったんでしょうね。俺は頼まれても御免だけどな。気味悪いったらないですし、それに、そのとき急に、もっ、の、っすっごく、冷たい風が吹いてきたんで」

親方は眉間に縦皺を刻んで蔵のほうへ目をやるなり、

「おう、利一っ！」

と、近くで一服中の兄弟子を呼んだ。灰皿代わりの一斗缶を囲んでよその業者らと談笑していた兄弟子は、慌てて煙草を揉み消した。屋外は明るく、蔵の内部は薄暗い。親方の声に何かを感じて、兄弟子は一目散に親方の前へ飛んできた。

「なんでしょう」

「休憩はしまいだよ。あばけちゃいらんねえから、さっさと仕上げてここ出るよ。実はよう、俺はこないだからずっと、背中のあたりがゾクゾクしているんだよ」

「そりゃいけません。風邪ですか？」

「そうじゃあねえよ」

親方は言って、蔵へ意味ありげな視線を送った。すると利一も委細を悟ったように、まだ休憩中の業者らに頭を下げて作業に戻った。

「左官屋さんは精が出るねえ」

缶コーヒーを飲んで煙草を吹かしながら、内装業者が笑っている。

「今日は雨も降らないし、急いだって稼ぎは変わらないよ？　長坂先生の現場だしね」

藍染めの前掛けを締めながら、内装業者に親方は言う。

「雨は降らずとも風がいけねぇ。悪いこたぁ言わねえから、そっちも日が暮れる前に現場を上げたほうがいい。死人が一人出てるんだしね、呼ばれねえとも限らねえから」

それから大口に顔を向け、

「おめえ、母ちゃんが腹巻きに仕込んでくれたお守りは持ってんだろうな？」

と、聞いた。左官作業は汗をかくので、腹が冷えないよう腹巻きをしろというのが親方の教えだが、大口の場合は母親が信心深くて、そこにお守りを忍ばせてくる。

「はあ。持ってます」

「そうかい。そんじゃ、母ちゃんに感謝するこった。もしもそれがなかったら、死んでいたのはおめえだったかもしれないよ」

「え？　ごっしゃん、それはどういう意味ですか？」

「とっとと仕上げて、早いとこ帰るってことだよ。ほら、急げ」

兄弟子の利一にもそう言われ、大口は慌てて左官の作業に戻った。


午後八時。

簡易照明を煌々と灯した作業場で、林という内装業者が作業をしていた。天候に左右される左官職人とは違い、室内で作業ができる内装業者は、現場工事が遅れれば夜間作業になってしまうことも多いのだ。ほかの業者が帰った後も、たった独りで仕事を続ける。

開け放った蔵戸の向こうは夜の庭で、さやかに虫が鳴き出した。風は甘く、静かに流れ、剝き出しの小屋裏から、梁の匂いが降ってくる。

ようやく壁紙を貼り終えて、仕上げをしようと手を伸ばしたとき、林はカッターナイフがなくなっていることに気が付いた。見回すと、さっき置いたはずの場所から一メートルも離れたところに移動している。あれ？　と、林は眉をひそめた。定位置で作業しているのだから妙な話だ。訝しげに首を傾げつつ、カッターを取りに向かう。

拾おうとして触った瞬間、氷のように冷えていたのでギョッとした。そういえば、急に気温が下がった気がする。

「え？」

誰にともなく声を上げ、林はカッターを手に取った。すると、指に何かが絡みついてきた。糸のようなものだ。てっきり布地クロスからほつれた繊維だと思ったが、それは黒々と光沢があり、しかも幾分か湿っていた。二本指でつまみ取り、目の高さで確認すると、糸ではなくて髪の毛だった。林は飛びすさり、指先を尻で拭った。

――雨は降らずとも風がいけねぇ。悪いこたぁ言わねえから、そっちも日が暮れる前に現場を上げたほうがいい。死人が一人出てるんだしね、呼ばれねえとも限らねえから――

昼間左官の親方に言われた言葉がよぎる。頭にあれば美しいと思う黒髪も、こうして絡みついてくるのを見れば、不気味な上に厭わしい。

「なんだよ、もう……」

呼吸も荒く見回すが、自分のほかに人影もない。煌々と照る作業用ライトの奥に、濃くなった闇が蟠るばかりだ。振り返りながら作業に戻り、桟の隙間にカッターナイフを差し込んで余分な壁紙を切り取っていると、鼻先でふわりと白粉が香った。続いて、ふふ……と、女の笑う声がした。彼はまたあたりを見回した。高い小屋裏には明かりがなくて、縦横に張り巡らされた桟や間柱が異様な迫力を持ってのしかかってくる。そこここに闇が凝って、何百年も昔の空気がしんしんと降り落ちてくる。それらが意志を持っていて、梁に残る釿の跡や、複雑に入り組んだ小屋裏の隙間から、こちらを窺っているように思う。人工的な明かりはライトの届く範囲だけで、それ以外はどこもかしこも真っ暗だ。

ふふ……ふ。

空耳だ。自分に言い聞かせても恐怖は募る。そして恐怖を認めてしまうと、どうすることもできなくなる。だから林はカッターナイフを腰袋に落とし、空耳から意識を逸らすように、わざと大きな音を立てて床に散らかった端材を集めた。バリバリバリ。ザワザワザワ。端材を丸める音だけが、静かな蔵に鳴り響く。

作業が遅くまで掛かるため、今夜は鍵を預かっている。敷地内には施主の住まいもあるのだが、終われば声を掛けずに帰っていいことになっている。なんといってもここは敷地が三千坪以上もあるのだし、施主が暮らす主屋だけでも百五十坪あると聞く。敷地を囲む蔵のひとつで何が起きても、主屋にまでは聞こえまい。そうして林は思い出す。つい最近、ここで玉砂利業者が一人、変死しているということを。

帰ろう、帰ろう、今夜はもうここまでにしよう。ひとたび恐怖を感じれば、照明の外にこもる暗さも、立てかけられた建材の裏も、小屋裏の高さも土壁のほころびも、何もかもが厭わしくなる。そそくさとゴミを片付け、糊付け機の手入れをしていると、開け放した蔵戸の奥を、ふうっと何かがかすめて通った。

ギョッとしてそちらへ目を凝らしたが、強い照明のせいで闇しか見えない。虫の音とともに湿った夜気が流れ込み、蔵の匂いが濃くなった。古い木材が吐き出す匂い、黴と、埃と、土壁の匂い。床に広げたブルーシートの隙間から、土間の匂いさえ立ちのぼる。そうして彼は気が付いた。

なぜなんだ。どうしてここに、白粉の匂いが流れてくるのだ。

ゴミ入れに端材を押し込んで道具をしまい、糊付け機に養生シートをかぶせ終え、さて照明を切ろうとしたとき、足下に何かを見た。さっきまではなかったし、上から落ちてきたはずもない。蔵にいるのは自分一人で、ほかに人影はないからだ。

太い蛇のように床でのたうっているそれは、細かな絞りの布だった。和服姿の女性が髷の飾りにするやつだ。恐る恐る作業靴の爪先で布を蹴り、動かないのを確認してから拾い上げると、それはやっぱり、赤いかのこだった。

あんしゃ……へ……お出やらんかえ……

今度はハッキリ声がした。若い女の声だった。

振り向くと、ぱさり。と、はかなげな音を立て、蔵戸の外に何かが降った。仄暗い内部から真っ暗な庭へ、帯らしき銀の布が曲線を描いてうねる。林はかのこを捨てて入り口へ向かった。怖いことは怖いのに、確かめずにはいられない。これはなんの悪戯か、それを知って安心したいのだ。そうでなければ怖すぎるから。

入り口を出てみると、たった今見たはずの帯はどこにもなかった。女の匂いはますます強く、リー、コロコロと虫の音が、秋草の陰から響いてくる。ざりりっと庭の玉砂利を踏んで、林は夜の庭へ出た。屋敷を囲む土蔵の屋根に朧な月が浮かんでいる。土蔵の前には離れがあって、庭に立派な老い松があり、左は湯殿、別棟を挟んで回遊式の庭園に続く意匠だ。外灯の明かりは暗く、虫の音ばかりがやかましい。

……も少しこっちへ……お出やらんかえ……よう……

樹齢千年を超える松の幹に、女の細い指が掛かっている。続いて長い袂が揺れた。衣擦れの音をさせながら、古木の裏に人影が立つ。白菊を散らした振り袖を素肌に直接羽織っただけの、まだうら若い乙女であった。髷が乱れて首筋に落ち、ほつれた長い黒髪が、月明かりにつやりと光っている。全身が痺れたように動けないのは、決して恐怖のためだけではなく、はだけた衣から露になった白肌に目を奪われたからでもあった。

あんしゃ、お出やれ、いいもん見しよう……ほれ……ほれ、ほれ……

リー、コロコロと虫が鳴き、天空の月を雲が隠した。ざざぁっと一陣の風が松を揺らして、照明を点けっぱなした土蔵の屋根が、どんっ！　と、大きな音を立てた。

が、主屋までは距離があり、異変に気づいた者はない。

やがてふたたび雲が切れ、月が秋草茂る庭を照らすと、激しい渇きを癒やすかのように中庭の池に顔を沈めて、林は事切れていた。

其の一

藤沢本家博物館改修工事

秋晴れの朝だった。高くなった空はまばゆいほどで、それなのに風は冷たく、成熟した柿の葉のような香りをまとっている。遠い山々は紅葉に染まり、次第に里へと錦が移って、街路樹がまばらに色づいていた。

坂と蔵のまちと称されて観光名所となった糀坂町は、もともと景観が素晴らしいのだが、特にこのシーズンは数多ある土蔵の白壁に紅葉が映えて、どこを切り取っても絵のようだ。こんなに素敵な町なのに知名度はまだ低く、知る人ぞ知る観光スポットという位置づけだ。行政からは、なんとか知名度を上げて集客をはかりたいと依頼されているのだが、急激に人が集まりすぎると景観を守りきれないという問題も発生する。

町には日常が息づいているのだし、非日常を楽しむために訪れる観光客との齟齬を調整する術が必要になるのだ。駐車場、公衆トイレ、休憩施設や観光案内所など、行政と住民が協議の上、調整しなければならない事柄は多岐にわたる。

そんなことを考えながら、高沢春菜が藤沢本家博物館の駐車場へ入っていくと、そこには数台のパトカーが停まっていて、困惑顔の業者らが片隅に寄り集まっていた。

春菜は広告代理店アーキテクツで文化施設事業部の営業を担当している。現在この博物館では、非公開だった蔵のひとつを展示スペースに改修する工事が行われていて、今日はリニューアルオープンのための下見に来たのであった。

アーキテクツは博物館等の改修工事を含め、展示プランからPR活動までをトータルサポートする広告代理店だが、今回は工事業者が博物館から直接発注となったため、下見の必要が生まれたのである。工事現場では事前に提供された設計図面に変更があるのが普通で、書面だけを信用して事前調査を怠ると痛い目に遭うからだ。

博物館などでは特に、展示物設置の前段階で入念な打ち合わせが行われる。展示テーマに基づいて、何をどう見せて集客を図るか決定し、展示物の計測を行って、完成後の設計図面にシミュレーションして視覚精度を上げていくのだ。これらの打ち合わせ、計画、作図を含め、工事終了後の展示物設置と、それに伴う備品の供給、人員の手配、確認までが春菜の仕事だ。

それにしても、どうしてパトカーがいるのだろう。警備の打ち合わせか、それとも事件か、訝しみながらも、春菜は車を停めて外へ出た。

業者の車はバックドアを上げたままのものもあれば、荷台に積み荷が載ったままのものもある。改修工事に来たものの、現場へ入れずにいるようだ。

「おはようございます」

業者らに合流しながら挨拶(あいさつ)すると、中に馴染(なじ)みの職人がいて、

「あ、高沢さん。おはようございます」

と、頭を下げた。

文化財を扱う現場でアーキテクツが補修工事を依頼する『満丸左官』の大口という若者だ。まだ半人前なので、いつも兄弟子か親方が一緒なのだが、そばに二人の姿はない。図体のわりに気が小さく、どこもかしこも長方形に角張っているくせに目だけが丸い大口を見ると、春菜はいつも段ボール箱で作るロボットを思い出す。

「稼ぎますねえアーキテクツさん。ここの改修にも絡んでんですか？」

「いえ。残念ながら工事には」

春菜はニッコリ微笑んだ。

本日は現場の下見ということで、ラフなパンツに綿のブラウス、薄手のジャケットという出で立ちだ。パンツの裾が細いのでハイヒールを合わせたいところだが、建物をいためないよう配慮して、底の平らなビジネスシューズを履いている。

「今回うちが担当するのは、改装後の展示だけなんです」

「そりゃよかった、羨ましい」

村上ガラス工業の専務が脇から言った。展示室には大型のガラスケースがつきものなので、博物館や美術館では、たいてい村上ガラスと一緒になる。

「ここ、アタマが長坂設計なんだよね。景気がよけりゃ断る仕事だが、背に腹は代えられないからなあ。まあまあ、日頃の行いが悪いと、こっちまで割を喰う羽目になるんだよ、こんなふうにさ。まいったよ」

長坂設計と聞いたとたん、（うわぁ……パグ男の現場か……）と、春菜は思った。

彼女が密かにパグ男と呼ぶ長坂金満は、正式名称『長坂建築設計事務所』の所長である。業界では有名な『癖のある設計士』で、調子のよさと甘言に惑わされて仕事を受ければ、無理難題を押しつけられた挙げ句、代金がまともに支払われなかったり、余計な責めを負わされたりと、悪い噂の絶えない男でもある。それでも、長いものには巻かれる体質が幸いして行政主体の箱物工事に実績があり、一定量の仕事を常に抱えているために、下請け業者を食い潰しながらしぶとく業界を生き抜いているのだ。元請けが長坂建築設計事務所と聞いただけで、春菜は業者らに同情した。

「それはまた、なんと言いますか、大変ですね。で、今日は？　工事は？」

「それなんですがねえ」

大口は首の後ろへ手をやった。

「どうして何台もパトカーが来ているの？」

重ねて訊くと村上ガラスが、

「死人だよ、死人。またもや死人が出ちゃってね、誰も中へ入れないんだよ」

と、大仰な身振りで言った。その横で大口が眉根を寄せて、

「庭で人が死んでんですよ。しかも、振り袖を首に巻き付けて。だから、現場検証ってんですか？ それが済むまで中には入れないってんで、どうするか思案している最中なんです。ごっしゃんたちはほかの現場へ行ってんですけど、ちょっと話を聞きたいからって、俺は足止め食らっちゃって……」

業者らは手持ち無沙汰（てもぶさた）に煙草を吸ったり、携帯電話で話したりしている。長坂の下で働くからには、トラブルがあったからといって納期を延ばしたりはできないのだ。事故で納期が遅れたにもかかわらず、理不尽に損害賠償を請求された例もあったと聞く。

「人が死んだ……事件ですか？」

春菜は博物館のほうへ目をやったが、藤沢本家は縦横約百メートル四方の敷地のぐるりを大小の蔵で囲まれているため、内部の様子はまったく見えない。

「事件……なんですかねえ……？」

大口は頭を掻いた。

「内装屋が池で死んだって話だよ」

村上ガラスが口を開いた。

それを口火に業者らは、それぞれ断片のみ聞いた話を語りはじめた。総合すると、死人を発見したのは庭を管理している清掃業者で、早朝、落ち葉を掃くため中庭へ入ると、池に振り袖が浮いていたので展示物が盗難に遭ったと思って警察を呼んだ。ところが、待っている間にそばまで行ってよく見ると、振り袖の下に人がいて、池に顔を突っ込んで死んでいたので大騒ぎになったのだという。

「作業場の照明が点けっぱなしだったって。つまり、夜の間に池に落ちたってことだよな」

「池ってどの池？　ここには池が三つもあるじゃないか」

「現場の横の中庭のだよ。ほら、細長い、喫茶室の床下を流れてく池さ」

「工事用の簡易トイレがそばにあるから、トイレへ行くつもりで池に落ちたってことか？」

「それはおかしいだろう。池ったって、大した深さはないんだしさ、酔っ払ってたならいざ知らず、仕事中で、それにトイレと池は反対方向だったよな？」

「そうだよなあ。帰るつもりで池のほうへ迷い込んだってんなら話は別だが、照明が点いていたってことは、まだ仕事中だったってことだろう」

「片付けは済んでいたって聞いたがね」

「いや、それにしても振り袖ってえのが気味悪い。こないだ死んだごっしゃんは、赤い帯締めを持ってたっていうじゃあねえか」

「帯締めに振り袖？　それ、なんですか？」

業者は口々に話したが、詰まるところなんの説明にもなっていない。ここ数日で出入りの業者が二人も死んで、それぞれ帯締めと振り袖がそばにあったというだけのことだ。蔵のほうへ目をやって、春菜は小さくため息をついた。

「中へは入れない感じなんですか？　私、現場の下見に来たんですけど」

「今日は無理かもしれないな。ここにこうして待っていてもさ、入れないんじゃ、どうにもね。うちだってガラスを納めないことには長坂先生に請求できないし、今日だけ頼んだ職人だっているんだし……困るんだよなあ、まったく……」

村上ガラスがやれやれと首を竦めていると、

「どうもどうもご苦労様です」

と声がして、裏から走ってくる者がいた。恰幅のいい体に背広を着て、丸顔の汗を拭きながら駆けてくる。五十代半ばの男性は、この博物館の館長だった。春菜とも面識があるのだが、春菜が目に入らないくらい慌てた感じだ。業者らは各々彼に向き、館長が駐車場の中程で足を止めると、その周囲に集まった。もちろん春菜もそばへ行く。

館長はもう一度汗を拭き取ると、ハンカチを握りしめながら頭を下げた。

「長坂先生とは、まだ連絡が取れなくてあれなんですが、もうしばらくは中がゴタゴタしそうでしてね。いや、申し訳ない。警察が入ってましてて、そんなわけですから今日のところは、工事は中止ということでお願いします」

そう言うと、館長はそそくさと踵を返した。

「あ、ちょっと、館長さん」

村上ガラスが食い下がる。

「何時頃までかかりますかね?」

館長は完全に背中を向けたまま、顔だけで村上ガラスを振り向いた。

「私にはわかりません。今日は臨時休館にしなくちゃならないし、私もいろいろ手配をね、バタバタしているものだから」

「それじゃ、直接警察に訊いてもいいですか? うちも職人を手配してしまったんで、できれば工事に入りたいんですが」

ならばあなたが訊いてくださいと館長は言って、村上ガラスと戻っていった。それを見て業者らは諦めたように帰り支度をはじめた。

「わぁ、じゃ、私も出直そうっかな」

困惑顔で春菜が言うと、大口はあたりを見回した。人垣が崩れてまばらになるのを待ってから、憚るように声を潜める。

「高沢さん、春菜さん、ちょっと……こっち……」

駐車場を囲む土塀と車の隙間へ、大口は春菜を呼び寄せた。

「実は昨日、俺たちも土塀の修復に入ってたんですよ」

春菜が近くへ来るのを待って、大口は言った。

「妙なことがあったんで、休みも取らずに仕事を上げて、明るいうちに帰ったんだけど……利一さんがあんまり急がせるから、目地ゴテ一本忘れちゃって、取りに来たら、こんなことになっていたんですよね」

「妙なことって？」

大口は首を竦めて、また周囲を窺った。

「この現場、高沢さんは初めてですか？」

「そんなことないわ。展示物をやっているもの……と、いっても、私は経歴が浅いから、まだ展示物の入れ替えのお手伝いしかやってなかったの。でも、今回初めて、常設展示を企画から任されて、張り切っているんだけど」

「そうじゃなくって、今回の蔵が、ですよ」

「それは初めて。っていうか、非公開部分は基本立ち入り禁止でしょ？　だから、現場はまだ見ていないのよ。ここ、施設内に館長さんの住居もあるし」

「ですよねぇ」

大口は頷いた。

「煙草や綿の収納庫だったらしいんですけど、ちょっとおっかねえ感じがする蔵なんですよ。あっこに手をつけちゃっちゃあ、いけなかったんじゃないのかなあ」

「おっかねえ感じって？」

「工事が進んで展示室仕様になっちゃってますけど、ごっしゃんが下見に入ったときは、蔵戸に注連縄が張ってあったって言うんですよ。使われなくなって百年近くも経つそうですが、頻繁に風は通していたようで、それもなんだか不気味でね」

商家だった藤沢家には、もともと物を大切にする家訓がある。春菜は上司の井之上からそれを聞かされて知っているから、つい、自慢げな物言いになる。

「藤沢本家さんは三百年も続く藩御用達の豪商だから、そういうところはすごくキッチリしているのよね。保管庫になっている蔵へ入るとビックリするわよ? 子供の玩具から使用人の衣装まで、数万点もの品物が完璧に保管されていて、まあ、だから博物館にできたわけだけど」

「そういうことじゃないんだなあ。蔵の一部が立ち入り禁止になってってですね」

大口は丸い目を三角にすると、なおいっそう声を潜めた。

「実はそこ、今回の工事で塞いでしまうことになっているんです。その場所を、ごっしゃんが、気味悪い、気味悪いって言ってたんですよ。風が来るとか、なんかイヤな感じがするって」

「風が?」

春菜は思わず眉をひそめた。文化財の仕事に携わる中で、何回か建物にまつわる奇怪な現象に遭遇してきた。そうした怪異の前触れで風が吹くことは確かにあって、それまでは気のせいだろうと取り合うこともなかったが、何度か現象に触れ続けると、信心深い職人たちを嗤うこともできなくなった。『そういうこと』は確かにあると、春菜はもう知っているのだ。

「……どうして塞ぐの?」

「さあそれは」

大口は首を傾げた。

「だから余計に気味悪いんで。それで、その場所は工事中も立ち入り禁止だったんですよ。ところが一週間くらい前ですか、俺がトイレから帰るとき、長坂先生が、最初に死んだ職人さんと話しているのを聞いちゃったんです。たぶんですけど、職人さんは、先生がそこから出てくるのを見たんですよ。先生がすっかんかんに怒ってて、逃げるように帰っていくのも見たんです。で、そのときからなんですよね。蔵の周囲で気温が一度下がるっていうか、明るさが少し暗くなったというか、変な臭いがするっていうか……ごっしゃんにそのことを話したら、そりゃ、早いとこ仕事を上げて、出るしかねえって」

「どうして?」

「どうしてって……おっかねえからですよ。その場所は廊下になってんですけど、窓がなくて、真っ暗で、冷たい風が吹いてくんでしょ? で、前を通ると、何かに足が引っ張られたようになって、金縛りってんですか? 体が動かなくなるんですよ。でも腹巻きに入っているお守りに手をやると体が動いて……そんでね、これは昨夜になって聞いたんだけど、母ちゃんが、『おまえ、今度の現場は床屋さんかい？』って」

「どうして？」

大口は小さな目を春菜に向けた。

「この現場へ来てからというもの、俺の履いてる地下足袋に、髪の毛がごっそりひっ付いてくるって言うんです」

一瞬、春菜も息を呑んだ。

「いやなことを言うわね。どこで付いたっていうの？」

「それがわからねえからおっかねえんじゃないですか。今日だって、警察が話を聞きたいってのは内装屋さんと最後まで仕事してたのが俺たちだったからなんです。ごっしゃんが迷信深いんで俺たちは早々に引き上げたけど、内装屋さんは、もう少しだから壁だけ仕上げてしまいたいって、独りで蔵に残っていたんで」

「だから死んでしまったと？」

大口は頷いた。

「今朝来てみたらこれでしょう？　あんとき現場を切り上げてなかったら、死んでいたのは俺だったかもしれないなって。そう考えたらおっかねえのなんのって」

「廊下の奥には何があるの？」

「そこなんですよ。近寄るのも厭な場所だし、壁で塞ぐっていうんだし……今にして思えば、あそこにはいったい何があるんでしょうねえ」

話していると村上ガラスが戻ってきた。

「だめだめ。ダメだ、館長さんの言うとおり、今日は仕事にならないよ。もうね、屋敷の中の空気がダメだ」

駐車場で指示を待っていた職人たちへ、彼は左右に手を振った。

「明日は入れるそうだから、なんとか頑張って、仕事をおっつけるよりしょうがない」

「警察はなんだって？　事故なんだよな？」

誰かが訊くと、彼は答えた。

「心臓発作。待ってりゃ、じきに仏さんが出てくるよ。石坂内装の社長が中にいてさ、家族に遺体を引き取りに来てもらうって言っていたから」

「家族が引き取り？　司法解剖とかするんじゃないのか」

「それはテレビの見過ぎだよ」

村上ガラスは職人に言った。

「事件性がない場合、遺体を運び出すのは家族の役目なんだそうだ。気の毒としか言いようがないよ」

「じゃ、振り袖てえのはなんなんだよ？　振り袖ってのはさ」

「知らないよ。それにしても館長は、蔵に手をつけたのを後悔してたな。今さらだがね」

村上ガラスは吐き捨てて、運んできたガラスを持ち帰る準備を始めた。

「蔵に手をつけたのを後悔ですか？」

後ろから春菜が訊くと、村上ガラスは手を止めて振り向いた。

「そりゃ、変死が二人も続いちゃさ」

「何か謂われがある蔵なんですか？」

「それはどうかな？　長坂先生は何も言ってなかったしね。でもまあ、博物館も大変だ。リニューアルしないと客足が遠のくしねえ。そういう意味では経営が大変なんじゃないの？　うちはよくわからないけど」

確かにそうだと春菜は思った。維持費などの経費と収益と、それらを天秤に掛けていけば、攻めの姿勢が求められる。館長はただの館長ではなく、この博物館の経営者なのだから。

「うちだって大変だよ、職人の手が空いちゃうしね。先生が補償してくれるわけないし」

だいたいが、今日は仕事にならないことを、長坂は知りもしないと村上ガラスは渋面を作った。死人が出たのだから、本来ならば長坂が真っ先に現場へ駆けつけて采配を振るべきなのに、館長は長坂が電話に出ないと言っていたし、連絡がついたとしても業者を怒鳴り散らすばかりで話が通じないから困るのだ。春菜も長坂には何度も煮え湯を飲まされたから、村上ガラスの気持ちがわかる。

「支払いはケチるし、文句を言うばっかりできっちり対応しないから困るのよね、ほんと」

鼻息荒く春菜が言うと、

「そういえば」

と、村上ガラスはニヤニヤ笑った。

「聞いたぜ？　アーキテクツさんは、こないだ長坂先生に一泡吹かせたって話じゃないか？　プランだけ出させて、結局仕事を出さなかったって。しかも、コンペの参加料として三万円もふんだくったんだろ？」

帰り支度をしていた職人たちが、手を止めて春菜のほうを向く。

「あの先生にかい？　そりゃすげえ」

「別に意地悪したわけじゃありませんよ。コンペ参加料は長坂所長から普段請求されている金額と同じだし、公正に審査した結果、所長のデザインに決まらなかっただけなので」

「いやいや、何をご謙遜。かわいい顔してあんた、やるねえ」

ついでに長坂に電話して事情を説明してくれと言われても困るので、春菜はバッグに手を突っ込んで、掛かってもいない電話に出るためスマホを取った。耳に当て、業者らに会釈してから車へ戻る。運転席に逃げ込んでから、今度は本当に会社へ掛けた。

春菜の上司は井之上といい、文化施設に関わる展示物から建築プランまでを総括している。この道二十年以上のベテランで、目下、春菜を一人前にするべく指導している立場である。

「井之上部局長、高沢です。藤沢本家博物館に来たんですけど、亡くなった人がいるとかで、現場に入れない状況なんです。駐車場で業者さんたちと話したんですが、今日は工事ができないみたいで……」

「亡くなった人？　事故なのか？」

井之上は訊いてきた。

「事故ではないみたいですけど、内装屋さんが中庭の池で亡くなったとかで、心臓発作じゃないかって。でも、警察が現場検証をしているみたいで」

「内装屋って？　どこの内装屋？」

「石坂内装さんですね。村上ガラスの専務さんの話では」

「石っしゃんのところか……それで？　誰が亡くなったって？」

「それはわからないですけど……」

大口が近くにいたので、ドアを開けて、声を掛けた。

「大口さん。井之上と電話してるんですけど、亡くなった方のお名前はわかりますか？」

「井之上さん？」

大口がそばへ来たので、春菜は電話を代わってもらった。

「満丸左官の大口です。どうも井之上さん、ご無沙汰してます」

大口が井之上に事情を説明している間、春菜は運転席から駐車場を眺めていたが、長坂と連絡が取れたのか、村上ガラスの職人たちは三々五々出ていくところだった。警察官の姿も見えるので、現場検証はそろそろ終わるのかもしれない。

「いや、名前はちょっとわからないですね。でも、四十歳くらいの職人さんでしたよ。けっこう背が高くて、顔の濃い感じの……あ、林さんって人ですか。お気の毒に。ええ、ええ。いや、ごっしゃんがなんて言うかですけど、直接関係のない業者さんなので……お焼香くらいは利一さんが行くかもしれませんが。ええ。事件性はないみたいですけど……」

井之上が訊きたかったのは、葬儀がどうなるかということのようだった。気遣いのできる男だから、すぐさま石坂内装に供花の手配をするのだろう。

電話が終わるのを待っていると、スーツ姿の若い男が真っ直ぐ歩いてくるのが見えた。離れた場所で立ち止まり、こちらの様子を窺っている。スパイラルパーマの小柄な男で、口のまわりに申し訳程度の髭を生やしている。

「高沢さんに代わってくれだそうです」

大口からスマホを受け取ると、春菜は車の外へ出た。井之上が言うには、今日のところは会社へ戻り、明日改めて出直すのがよかろうとのことだ。春菜が電話を切るのを待って、若い男は近寄ってきた。

「失礼します」

春菜ではなく大口に話があるようで、視線がそちらへ向いている。

「大変お待たせしてしまいまして」

彼は大口に頭を下げてから、春菜に目を向け、

「こちらは？」

と、訊いた。答えたのは大口だった。

「あ。こちらはアーキテクツさんの営業の方で、たまたま一緒になっただけでして」

そう言っておいてから、大口は春菜に、「刑事さん」と、目配せをした。

「どうも、糀坂署の高山です。アーキテクツさんと仰るのは？」

刑事が訊くので、仕方なく春菜は名刺を出した。

「広告代理店アーキテクツで営業を担当しております高沢です。ちなみに名前は、『はるな』ではなく、『はな』と読みます」

高山は名刺を受け取ってまじまじ見つめた。警察手帳を出すわけでも、自分の名刺をくれるわけでもない。

「文化施設事業部の高沢春菜さん。今日は、こちらへは、お仕事で？」

「現場を下見に来たところです。改修工事が終わると、ちょうど園内の紅葉が見頃になる

ので、それを踏まえて展示プランに色を添えられないかなと思って」

「なるほど」

名刺を裏返して業務内容を確認してから、高山は、

「展示プランというと、企画書なんかを提出するってことですか？」と、訊く。

「企画書もですが、館内装飾含め、展示物も直接扱います」

「それじゃ、バックヤードなんかにも詳しいんでしょうね？」

バックヤードとは、一般入館者が立ち入りを禁じられた施設の裏側のことである。刑事が何を聞きたがっているのか、春菜にはさっぱりわからなかったが、とりあえず、訊かれたことには答える主義だ。知らないと思われるのが癪（しゃく）だから。

「ご存じのように、ここの施設内には館長さんの住居もあるので、私たちが入れるのは公開されているスペースと、あとは展示物の保管庫くらいです。希（まれ）に主屋のほうから展示品をお借りすることがありますが、その場合は藤沢家の方がお持ちくださるので、展示館、ミュージアムショップ、レストラン、ほかはお茶室と湯殿、展示場になっている蔵二ヵ所と……その程度しか知りません」

「今回改修している蔵はどうです？」

「初めてです。離れを含め、あの一帯には入ったことがありません」

「そうなんですね」

そう言うと、高山は春菜の名刺をポケットにしまった。今度は大口に目を向ける。

「時に、昨夜のことを少しだけお伺いしてもよろしいでしょうか」

もちろん大口はそのためだけに足止めされていたのだった。

「いいはいいですけど、刑事さん。俺、裏庭に目地ゴテ一本忘れてきちゃっているんですよね。ここの仕事は昨日でけりが付いているんで、取りに戻っていいでしょうか？」

「いいですよ。じゃ、歩きながら話しましょうか」

高山が言うので、春菜もちゃっかり便乗することにした。

「私も中を見たいんですが。まだ入れないんですか？」

「いや。もう片付く頃なんで、大丈夫だと思います」

そう言って高山が首を伸ばした先に、黒塗りのバンが来て停まった。葬儀業者の男性二人が車を降りて、警察官の誘導で、入り口である表門とは反対方向へ走っていく。

藤沢本家の造りは要塞のようだ。蔵が周囲を切れ目なく囲んでいるのは前述したが、蔵には二階造りと平屋造りのものがあり、容易に屋根に登れそうな平屋造りの蔵の周囲には、濠を巡らせてあるという周到ぶりだ。よって敷地内へ入るには、蔵の出入り口を開放するか、表門もしくは裏門へ廻る以外に方法がない。表門は高い塀を持つ堅牢な門で、裏門は蔵小路と外壁に守られて常時閉め切りとなっている。人目を避けて遺体を運び出そうにも、裏門には車を横付けするスペースがないから、人力でここまで運んでくるのだろう。春菜は頭の中で敷地図面をトレースしてみたが、表門からも裏門からも、駐車場へ出るには同じくらいの距離がある。業者は苦労するはずだ。

高山が表門のほうへ歩いていくので、春菜も大口とついていった。表門は大通りに面していて、臨時休館と知らずに立ち寄った観光客が、職員と話している。表門周辺は人目につくので、制服姿の警官はもっぱら裏門を出入りしているようだ。

「ここは博物館になって二十年以上経つそうですが、自分は初めて来たんですよね。正直、こんな施設があるなんて、ちっとも知りませんでした」

堅牢な表門は潜り戸(くぐりど)だけが開いている。高山は職員に目配せすると、春菜と大口を先に行かせた。内部は瀟洒(しょうしゃ)な前庭で、脇に主屋があるのだが、居住者のプライバシーを保護するために主屋は竹垣塀で隠されている。来場者は、表門脇の受付を通って展示室の蔵へ入るルートと、前庭を散策した後ミュージアムショップを経由して回遊式庭園へ入ってゆくルートを選べるようになっている。施設内にはレストランや茶室などもあり、ゆっくり散策すれば半日以上は楽しめる設計だ。

「これだけの敷地ですからね。固定資産税もですが、維持費があまりに膨大なので、存続のためには、法人化して行政の補助金をもらって、博物館にするしかなかったと聞いています。藤沢家は商人でありながら帯刀を許され、藩主も頻繁に通ってきたほどの豪商だったそうですから、時代が変わって維持し続けるのは大変だったんだと思います」

説明すると、高山は感心したように春菜を見た。

「さすがはよくご存じですね」

「パンフレットを手掛けたので、内容が頭に入っているんです」

施設が休館中なので、展示蔵は施錠されている。よって、警察官の出入りのために、ミュージアムショップが開放されていた。蔵戸を開ければ駐車場からの出入りが楽なのに、やはり捜査が終了するまで、そういうことはしないらしい。

高山は前庭からショップを突っ切り中庭へ行く。

春菜は、そこでようやく警察官の姿を見た。敷地内には大小三つの池があり、中庭にあるのはもっとも小さい池だが、それでも二十畳ほどの大きさを持つ。池の畔(ほとり)で警察官が、検視のために広げたブルーシートを片付けていた。

「亡くなった林さんですが、そこに倒れていたんです」

池に架かった石橋の横で立ち止まり、高山が指さす先で、御納戸色(おなんどいろ)をした水面に弧を描いて、白金(しろがね)の錦鯉(にしきごい)がツワブキの葉陰(はかげ)に消えていく。林という内装業者が倒れていたのは、苔生(こけむ)す地面に夏椿(なつつばき)がたおやかに枝を延ばすあたりであった。苔の地面を蛇のように根が這って、紅葉しかけた葉が何枚か、薄紅色に散っている。

こんな場所で、振り袖を首に絡めて、水に沈んだ業者の姿を想像すると、痛ましさよりもおぞましさが募ってくる。

「なんだって、内装屋さんはこんなところへ来たのかなぁ」

大口は首を傾げた。

「こっち側には外灯もないし、真っ暗だったはずですがねえ」

大口が疑問に思うのも当然で、夜間にショップを突っ切ることはできないから、中庭は袋小路になっていたはずだ。暗くて鯉を見ることもできないだろうし、トイレだってここにはない。

「お施主さんの邪魔をしないよう、仕事が終わったら裏門から出ることになっていたんです。ここへ入っても、裏門へは行かれませんから」

「工事しているのは、どの蔵ですか？」

春菜が訊くと、大口は中庭の奥を指さした。

「離れの脇にある、一番奥の蔵だけど」

「ああ……ずっと閉め切りになっていた？」

「そう。農機具置き場の脇の蔵です。平屋造りで濠がある」

高山は大口の言葉の裏を取るように、奥へ向かって歩き始めた。

中庭は庭園を望める位置にレストランがあって、さらに茶室と湯殿で囲まれている。中庭の外には立派な松の老木があり、その奥が離れで、向かい合うように件の蔵が延びている。作業中なので戸は取り払われて、内部が丸見えになっていた。

「あれえ、妙だなあ」

左官修復をした土塀のほうへ、大口は真っ直ぐ走っていった。すでに修復作業を終えているので、周囲には道具もなければ材料もない。大口は土塀の上から地面まで、つぶさに見ながらあたりを探し、結局手ぶらで戻ってきた。

「ここいらに置いたはずなんですよ。ほかで作業はしてないし、職人さんはみんな、蔵の中にいたんだしね。第一、死んだ内装屋さんを除けば、ここを出たのは俺たちが最後なんだから」

「道具、ホントにここへ置いたんですか?」

「ここでしか使ってないわけだから」

大口は泣き出しそうな顔をした。

「まいったな。また、ごっしゃんに怒鳴られっちまう」

「では、ちょっとお話を、いいですか?」

高山は、すでに蔵の前に立っていた。

件の蔵に面した庭の周辺は、かつて農作業用のスペースだったと聞いている。この庭は使用人の管轄で、農作物を干すために空き地のまま残されていた。離れから望む老い松のほかに意匠はなく、長く非公開にされていた場所だ。春菜もこの庭の存在を知ってはいたが、蔵そのものも、蔵の内部が開け放たれたのを見るのも初めてだった。

空は高く、風が含んだ陽向の匂いがかすめていく。黒塗りの離れには飾りのように赤トンボがとまっていて、何かの拍子に飛び立った。見上げると中空に無数のトンボが舞って、秋風が柔らかく頬をなでた。

それなのに、春菜はふっと身を震わせた。どこからか一筋の冷気が流れてきて、二の腕あたりに触れたのだ。振り向くと、それは土蔵から来るようだった。

「ですから特別変わった様子はなかったんですよ。内装屋さんが心臓の具合が悪いなんて言ってた覚えもないですし」

蔵の入り口で、大口と高山が話している。林という内装業者の死因に不審なところはないというのに、刑事は何が気になるのか、春菜にはそれがわからない。

「では、最後にひとつだけ」

高山はそう言って、スーツの内側に手を入れた。

「これを見てもらえませんか?」

彼が引っ張り出したのは、ビニール袋に入れた紐だった。中をよく見られるように、高山はそれを大口に渡して訊いた。

「見覚えがありますか? 実は、少し前に亡くなった業者さんが持っていたものですが」

「ええ? いや……」

大口は首を傾げて、助言を求めるように春菜を見た。近寄って覗き込み、

「それって、帯締めですよねえ？」

春菜は高山にそう訊いた。

「おびじめ？　帯締めってなんですか？」

「帯を固定する紐です。艶やかな赤色だから、若い女性の品ですね」

「どうして職人さんが、こんなものを持っていたんでしょうか？」

ここへ来てようやく、春菜は高山の考えていることがわかった。不自然な場所で死んだ業者らは、ただ独り現場に残って、収蔵品を物色していたのではないかと疑っているのだろう。

「よく見せてもらっても？」

そう言うと、春菜は大口からビニール袋を受け取った。裏返して隅々まで確認してから、亡くなった彼らの名誉にかけて宣言した。

「博物館の展示品じゃありません」

「なぜわかるんですか？」

高山は細い目をさらに細めて春菜を見た。

「まさか展示品をすべて覚えているわけでもないでしょうに」

キュッと唇（くちびる）を引き結び、春菜は帯締めを高山に押し返す。

「覚えていなくてもわかるんです。ほかには知られていないんですが、藤沢本家博物館に展示される品々のうち、女性が使用したり身に着けたりする品は、すべてに印を入れるんです。でも、これにはそれがありません。だから展示品ではありません」

高山は感心したように春菜を見た。

「そうなんですね……」

と、言ってから、高山は春菜に、

「では、ちょっと、こちらも見てもらえませんか？」

と、続けた。再び中庭のほうへ戻っていき、ブルーシートの内側で作業している鑑識官の許へ連れていく。すでに遺体はなかったが、そこには水に濡れた黒い振り袖が広げてあった。黒地に紅白の菊と、図案化された蝶を描いたもので、美しく見事ではあるが、所々にかぎ裂きの跡があり、血のような染みも残されていた。

「この振り袖に、その印はありますか？　藤沢家の人にも聞いたんですが、収蔵品が多すぎて、いちいち覚えていないという話でして」

印を見るまでもなく、これは収蔵品ではないと春菜は思った。収蔵品には、こんなにコンディションの悪いものはない。それでも着物に近づいて、鑑識官に裾の裏側を見せてもらった。

「印はありません。だから展示品じゃないってことです。普通は裾の裏側の目立たない場所に、印を書いた布を縫い付けておくんですけど、それがないから」

高山は感心したように「なるほど」と、だけ言った。

「それに、この着物は酷く汚れています。ここの展示品に、こういう品はないんです。藤沢家はとてもきちんとした家なので、状態のよいものを選んで展示公開しています」

「いや、高沢さんとお会いできてよかったですよ。念のために林さんの奥さんにも訊いてみたんですが、まったく覚えがないそうで」

「でしょうねえ」

と、春菜はまた言った。

「だってこれは明治か、それより前の品ですもの」

「そんなことまでわかるんですか？」

「ええ、生地やデザインを見ればわかります。こちらの博物館では展示物の説明を書いたキャプションも担当していますので、自然と覚えてしまったんです」

「では、展示品ではない、本家の収蔵品の可能性はどうですか？」

春菜は知らず眉間に縦皺を刻んだ。

「それについては藤沢家でお聞きになればよろしいかと。でも、こちらでは工事現場とその他が明確に仕切られているんだから、お宅から何かを持ち出すなんてできませんよ」

「いやいや、そういうことではなくて……」

と、高山は頭を掻いた。

「気を悪くしないでくださいよ？　こちらで気になっているのはですね。さっき大口さんが仰ったように、林さんが亡くなっていた中庭は、夜は真っ暗だったはずなんですよ。ところが彼は明かりを持っていなかった。スマホは蔵の中にありましたしね。懐中電灯みたいなものもない。もっというと、振り袖以外は、何も持っていなかったんです」

「真っ暗な中庭に振り袖を持ってきて、真っ暗な中で亡くなったってことですか？」

「そういうことになるんです。まあ、月明かりくらいはあったとしても、どうしてそこへ行ったのか。着物をどこから持ってきたのか」

「不思議ですねぇ」

　と、大口も言った。

「だから余計気になるんです。着物は工事中の蔵にあったとか、そういうことはありますかねえ？」

　その言葉に春菜はハッとした。大口が言っていた立ち入り禁止の場所はどうだろう。

「どうでしょう。藤沢本家さんに限って言えば、完璧に手入れが行き届いていますから。ただ……」

　と、工事中の蔵のほうへ目をやって、

「あっちの蔵は知らないけれど」と、付け足した。

「でも刑事さん、工事中に蔵から何か出てきたなんて話は、俺は聞いてなかったですがね」

と、大口。彼はそこで言葉を切って、そういえば、という顔で宙を睨んだ。

「高沢さん。あの廊下……」

もちろん春菜もそう考えていた。件の蔵の奥になら、何かあったかもしれないのだ。

「なんですか？　あの廊下って」

高山刑事が問うてくる。春菜は視線で大口を促した。

「あっちの蔵なんですけどね、一ヵ所だけ、工事で塞ぐ予定の場所があって、もしかしたらそこに何か、そういう物が入った箪笥とかがあったのかもしれません」

「箪笥があるんですか？」

「いや、入ってみたことがないからわからないけど。立ち入り禁止になっているんだし」

「立ち入り禁止？」

訊かれて大口は首を竦めた。

「と言っても柵があるだけなんで、その気になれば誰でも入っていけるんですがね。俺は行きませんよ。気味が悪いから」

大口はそう言って、

「ちょうど、あのあたりかなあ」

と、鉤形に突き出した部分を指さした。平屋造りの細長い蔵は、敷地のどん詰まりで鉤形に折れている。壁一面が漆喰の白塗りで、庇の下に空気孔程度の窓があり、頑丈な鉄格子にボロボロの紐が掛かっていた。よく見れば注連縄のようにも思えて、春菜は、蔵の出入り口に注連縄が張られていたという大口の言葉を思い出した。

「あれも蔵の一部なんですか？」

突き出た部分を見ながら高山は言い、返事も待たずに工事中の蔵へ移動した。束の間視線を交わしてから、春菜が先に高山を追う。やれやれとため息をつきながら、大口も渋々ついてきた。

蔵の内部は寒かった。厚み一尺以上もある漆喰塗りの白壁は、内部の温度や湿度を一定に保つ効果があるから、外気温との差は当然ながら、それにしても刺すような冷たさだ。平屋造りといえど天井は高く、剝き出しの梁や小屋裏の陰は薄暗い。光は入り口から射し込むばかりで、工事用の照明がなければ昼でも作業はできないだろう。誰かが言ったとおり壁紙はすでに貼り終えられて、ゴミや道具も片付いていた。

「刑事さん。林さんという業者さんは心臓発作だったと聞いたんですが、本当に自然死ですか？」

蔵の内部に佇んで、改修工事の様子を見渡している高山に、春菜は訊いた。

高山は小屋裏を見上げながら、

「まあ、所見ではそのようですね」

と、答えた。他人事のような言い方だった。

「検視の結果、事件性は見られませんで。体もきれいでしたしね、突然意識を失って、倒れた先に池があり、顔面が水に浸かって窒息したんだと思います。実際あるんですよね。酔って側溝に落ちたりして、わずか十センチ程度の水で溺れることが……」

「でも、仕事中に酒を飲んだりしませんや。職人はそんなことしません」

大口が言うと、「まあねえ」と、高山はスパイラルパーマを掻き上げた。

「振り袖を巻き付けて死んでいたというのも謎なんですが。首を絞められた跡があるわけでなし、事件性はないということで、この件は処理して終わりなんですが……」

言い足りなそうに口を濁すのが、春菜も大口も気に掛かる。

「なんで内装工事業者が古い着物を巻き付けて、池で死ななきゃならねえんですか」

「うーん……」

と、高山は数歩歩いて、蔵のどん詰まりで足を止めた。

「そこですね？　立ち入り禁止の廊下って。なんか、ものすごーく、厭な感じがする場所ですねえ」

高山の左手には、巾一間ほどの廊下が黒々と口を開けていた。立ち入り禁止の柵が置かれていて、白い紙に手書きの文字で、『これより奥、立ち入りを禁ず　藤沢本家』と書かれている。廊下は大口が言うように窓もなく、奥へ行くにしたがって梁や間柱が闇に溶け

ていくようだ。高山は柵のこちら側から奥を覗いて、

「あれ、なんか本当にイヤだなあ……ここ……」

と、呟いた。

「いや。事件でもなさそうなのに、むやみに脅かすわけでもないんだけど、もうひとつ自分が気になっているのはね、亡くなった職人さんの顔なんです」

「顔……ですか？」

聞き返した瞬間に、春菜はざわりと鳥肌が立った。

「そう、顔、顔なんです」

高山がゆっくり振り返る。困ったような表情だった。

「なんでかなあ。心臓発作だったとすれば余計おかしなことに、顔がね、まるで笑ったまま引き攣ったみたいだったんですよ。それが長いこと水に浸かっていたもので、本当にね……奥さんが、かわいそうになるぐらい。なんだって、あんな顔して死んだのかなあ」

言いながら高山は靴を脱いだ。振り袖を巻き付けて死んだ男が笑っていたわけなんか、春菜にもまったく想像がつかない。作業中の蔵の床には一面ビニールシートが敷かれているが、立ち入り禁止の廊下は床板が剝き出しになったままである。刑事が奥へ行くつもりと察して、春菜も靴を脱ぎ捨てた。大口はどうするのかと振り向くと、シートの上に立っている。腕を組み、絶対にここから先へ行くつもりはないと、引き攣った顔で首を振る。

高山が柵を跨いでいったので、春菜も倣って後に続いた。それにしても暗いので、高山より先にスマホを出してライトを点ける。床板を奥まで照らしてみると、廊下の中程で何かがチカリと光を弾いた。

「あっ」

春菜はその場に立ち止まり、振り返って大口を呼んだ。

「大口さん、あれ、なくしたコテじゃないですか？」

「え？」

大事な道具があると聞き、大口は慌てて廊下に上がってきた。春菜が照らした先を見て、

「本当だ。俺の目地ゴテ、なんだって、あんなところに」

と、一人廊下を先に行く。ブツブツいいながら腰を屈めて、そのとたん、大口は動きを止めた。

「大口さん？」

春菜と高山がそばまで行ったが、大口は目地ゴテに手を添えたまま、廊下の奥を凝視している。なんだろうとそちらへライトを向けたとき、ブチッ！　と小さな音がして、大口が飛び上がった。図体の大きな職人は脇目も振らず、一目散に廊下を駆け戻っていく。何が起きたかわからないまま、春菜も高山もつられてその場を逃げ出した。立ち入り禁止の

柵を蹴倒し、ビニールシートの上にまろび出てから、大口は初めて春菜と高山刑事の顔を見た。小さな両目を見開いたまま、顔面蒼白になっている。

「もう！　脅かさないでよ！　こっちまで怖くなるじゃないっ」

思わず春菜は怒鳴ったが、大口の顔を見てさらに恐怖が募った。彼は本気で怯えていて、目地ゴテを胸に抱き、もう片方の手は臍のあたりを摑んでいる。

「どうしたの？」

春菜が訊いても、大口は唇を震わせるだけだ。目は廊下を凝視したままで、追ってくる何かを見張るように動かない。春菜も振り返って廊下を見たが、もちろん怪しい影などはない。あまりに慌てて逃げ戻ったので、三人とも裸足のままだ。

「大丈夫ですか？　や、自分もなんかビックリしちゃって」

高山がそう言って笑ったが、大口は強ばった表情を崩すことなく、無言でシャツをめくり上げ、腹巻きの中に手を突っ込んだ。

「……やっぱあそこは……ヤバいんですよ……」

腹巻きをまさぐって、大口はようやく言った。

そこから引っ張り出したのは小さなお守りで、錦の袋が真っ二つに裂けていた。

「うそでしょ……まさか『ブチッ』て音のしたのが、それなの？」

訊くと大口は頷いた。小さな両目が潤んでいる。

「左官屋は古い建物を扱うことが多いから、魔除けのために母ちゃんが、いつも腹巻きに入れてくれるんで。もちろん破れてなんかいなかったし、こんなことは初めてだ」

春菜と高山は改めて後ろを振り向いた。

蹴倒してしまった柵の奥。廊下はただ黒々とそこにあったが、冷たい風と陰湿な気配が瘴気となって、次第に蔵全体を侵していくのが見えるような気持ちがした。

其の二

仙龍(せんりゅう)の恋人

「それで？　結局廊下の奥には何があったんだ？」

ノートパソコンから顔を上げて井之上が訊く。メガネをずり下げているために、年寄り臭い印象になる。

春菜の上司の井之上は、最近老眼鏡を愛用するようになって、パソコンから目を離すときにはメガネをずらす。後ろでひとつにまとめた髪は白髪で、それはそれでダンディなのだが、ずり落ちたメガネの奥から覗く仕草はいただけない。

「だから、怖くて見てこられなかったんですってば。一瞬でお守りがあんなふうになっちゃうなんて、どう考えてもホラーでしょ？　一番怖かったのは大口さんの怯え方で、あんなの見たら、とても入っていけませんよ。寒いし、カビ臭いし、真っ暗なんだし」

自分のデスクに鞄を載せると、春菜は椅子を引き出した。

「でも、明日もう一度行って、今度こそ確かめてくるつもりです」

井之上は「うーむ」と、小さく唸った。

「博物館とは話をしたのか？」

「館長さんの顔は見ましたけど、打ち合わせをするなんて、とてもそんな状況じゃなかったです」

　井之上はパソコンをスリープさせてメガネを外した。

「まあそうだよな。現場で二人も死んだとなれば、形だけでもお祓いとかしないと、業者は気味悪がって動かないだろうしなあ」

「お祓いなんか、するはずないじゃないですか」

　春菜はどっかり椅子に掛けると、鞄からペットボトルのお茶を出した。キャップを外してひとくち飲んで、

「元請けが長坂所長のところらしいですから」と、報告すると、

「あー」

　井之上は万馬券を外したような表情になった。

「あの長坂先生か……そりゃまた……なんというか……」

　椅子を滑らせてデスクを離れ、春菜の隣へやってくると、

「高沢、今回は外れるか？」

　と、春菜に訊く。春菜は慌てて井之上を見上げた。

「どうしてですか？　絶対に厭です。やっと常設展を任せてもらえることになったのに、なんで外れなくっちゃならないんですか」

「だって、高沢は長坂先生の天敵だろう？　この前のこともあって、目の敵にされている

じゃないか。せめて改修工事が終わるまで、顔を合わさないほうがいいんじゃないのか？　また意地悪されてもつまらんだろうが」

「この前のことって、八角神社の供養塔コンペのことですか？　あれは正当に選んだ結果、長坂設計のデザインが通らなかったというだけで、意地悪される謂れなんてありません」

「そりゃまあそうだが、そういう話が通じる相手じゃないだろう？」

「パグ男のせいで仕事から手を引くなんて絶対に厭です。私は展示物を扱うだけで、改修工事には一切関わっていないんだし、パグ男だって展示物とは無関係でしょ」

「パグ男じゃなくって、長坂先生な」

呆れ顔で井之上が諭す。しまった、と、春菜は思った。

「長坂所長でした。すみません」

「まあ……じゃ、そのつもりで、なるべく先生とは顔を合わさず、無駄に刺激しないように注意してくれよ？」

「大丈夫ですよ。改修工事だっていつもどおりの丸投げで、現場に顔を出したりしていないんですから。今日だってあんな大騒ぎになっているのに、長坂所長は来ていませんでした。普通は真っ先に飛んできて、現場の手配や、職人さんの身の振り方なんか、指示するべきじゃないですか？　元請けなんだし、代人さんも置かないのなら、自分でやるのが当然だと思います。村上ガラスさんなんか、今日のために職人さんを大勢手配していたのに、工事もできなくて帰ったんですよ？　かわいそうすぎます」

「まあ、そう熱くなるな。でも、おかげで下見できたのなら、よかったじゃないか」

ゴクリとお茶を飲み干して、春菜は眉間に縦皺を刻んだ。

「蔵は見ましたけど、下見はしてないんです。測り出しだってできなかったし……なんか、全然ピンと来なくて……」

新規の蔵は敷地の最も奥にあり、既存の展示蔵と違って庭園に面しているわけでもない。どう見てもバックヤードで、蔵の前には黒塗りの離れと古い松があるだけだ。あの蔵を展示室にした場合、どんな景観を来館者に見せて、どう感動を呼べばいいのだろう。

「なんだ？　難しい場所なのか？」

井之上が訊いてくる。一緒に現場へ行ってくださいと喉まで出掛かっていたものの、春菜はそれを呑み込んだ。井之上が初めて任せてくれた現場なのだ。意地でも音を上げたりするものか。

「難しいというか、すごーく地味な場所なんですよね。農機具置き場の横の、平屋造りの倉庫というか」

「そうか……特に見る物もないあたりだな。だだっ広い庭というか、穀物の干し場になっていたところか」

「そうなんです。改修工事が終わると紅葉が見頃になるし、テーマが『婚礼』なので華やかな展示にしたかったけど、思ったよりずっと地味な場所だし、そもそも蔵から見えるのが紅葉しない松だけという……庭に毛氈を敷いてお茶会するとか、婚礼衣装をバナーに再現して庭に並べるとか、そういう工夫がいるかもですね」

「婚礼衣装をバナーで再現か。いいけど企画展向きのプランだな。今回は常設展示だ。そこを間違えないように」

井之上がぴしりと言った。

常設展示は、博物館に行きさえすればいつでも見られる展示のことだ。展示期間が長いので、壊れにくく安全な展示方法が求められ、予算も相応に組まれるが、長期に展示しても鑑賞に堪えるアイデアとセンスのよさが必須となる。対して企画展はイベント的な意味合いを持って短期間展示される催しであり、アイデアの奇抜さと裏腹に予算の手頃さも求められる。春菜が語ったアイデアは、常設展示には向かないものだった。

「そうですね。とにかく明日、もう一度現場をよく見てきます。せっかくのリニューアルオープンだし、目新しさも必要だと思うので」

春菜はパソコンを立ち上げた。今日見てきた分を整理して、基本アイデアを確認しようというのだった。藤沢本家のホームページにアクセスして敷地図面を見ているうちに、高山刑事が持っていた帯締めや振り袖のことを思い出した。

「井之上部局長。どうして藤沢本家の展示物には『りん』って印を入れるんですか?」

ふたつの品が展示物ではないと、春菜が即答できた理由がこれだった。当該博物館では、公開展示物をショーケースに飾る場合、小さな布きれに『りん』と記して見えない場所に添付する決まりになっている。衣類には縫い付け、化粧道具などの場合は死角に挟む。この作業は必須であり、学芸員が最終確認を取るほどの念の入れようなのだ。

「それな……」

すでに井之上は書類棚の前に立っていたが、何冊かファイルを引き出すと、打ち合わせ用テーブルに春菜を呼んだ。アーキテクツが二十年以上関わってきた藤沢本家博物館のファイルは膨大で、特に開設当初の資料についてはデータではなく写真と書類にまとめられているので、かさばるのだった。

「この仕事を長くやっていると、七不思議みたいな現場に遭遇するものだけど」

「え……またその話ですか? 笑えないんですけど」

春菜は厭な顔をした。

「そう言うなって。もう高沢もわかってきたと思うけど、史跡関連の仕事をする以上、避けて通れないことではあるよ。いたずらに恐怖を煽るのでも、面白半分な話でもなく、土地や建物にはそこに暮らした人の何かが染みついているものだから、それを無視して事がうまく運ぶとは思わないことだ。で、藤沢本家は間違いなく七不思議のひとつに数えられる現場だ。ちょっとこれを見てごらん」

藤沢本家は財団法人が管理運営する博物館だが、行政の補助金を受けているため工事も補修も展示も、業者を入札で決めている。作業の適正化を図るためには緻密な工事記録も残さねばならず、薄利な上に書類業務が多い現場でもある。だが、そのおかげで二十年以上にわたる博物館の歴史や推移がすべて資料に残されているのだ。

井之上が開いたのは、博物館の開設当初、展示設備が真新しかった頃の記録だった。

「この資料は門外不出だ。『りん』の印も口外無用。関係者以外には決して話すな。この件は長坂先生も知らないし、うちがずっとあそこの展示物を扱える理由も、実はこういうところにあるんだからな」

そう言うと、井之上は一ページを開いて見せた。それは展示の準備作業を記録したファイルで、衣装類や展示道具を写した写真がずらりと並んでいた。井之上は中の写真を指さす。そこには黒い穴と、艶やかで夥しい紐のようなものが写されていた。

「なんですか?」

春菜はファイルを引き寄せた。そして、

「え?」

と、井之上を見上げた。井之上は難しい表情をしていた。

「衝撃を受けた事件だったから、当時のことはよく覚えている。藤沢本家博物館の開設に、町は大きな期待を寄せた。三百年も続く信濃随一の豪商は、格式の高さとプライドから、内情を詳らかにするのも憚っていたのに、一族の歴史や建物が博物館としてベールを脱ぐことになったんだから。坂と蔵のまちという謳い文句で観光地として売り出そうという動きがでたのも藤沢本家があったからだ。当時は、名家旧家が建物を行政に寄贈して保存する運動が盛んになった頃だった。そのほとんどが、保存し続けるだけの財力がなくて行政に寄付するかたちだったけど、藤沢本家はそうじゃなかった。財団法人を設立して、運営そのものに乗り出したんだ。非常にレアなケースだったし、その姿勢は正しかったと思う。もともと商人の家系だから、経営も盤石だしね。でも、オープン準備の最中に、これが起きた」

井之上が指先で押さえた一枚を、春菜はまじまじと覗き込んだ。

最初はどういう状況なのかよくわからなかったが、よく見ると、夥しい紐に見えたのは紐ではなく、切り裂かれた着物のようだった。青地に絢爛豪華な花々をちりばめた高価そうな振り袖が、三センチほどの巾に切り裂かれて井戸に投げ入れられているのだった。

「これって、収蔵品ですよね？」

井之上は頷いた。

「え？　なんで？　誰かの嫌がらせ？」

「嫌がらせなら単純でいい。でも、そうじゃないんだよ」

井之上はページをめくった。そこには壊れた手鏡の写真があって、持ち手の部分に長い髪の毛が絡みついていた。

「うわ、気持ち悪い。なんですかこれは」

「わからないんだ」

「わからないって……」

井之上はまた頷いた。

「屋敷が開放されたのも初めてなら、数万点にもおよぶ収蔵品や、そもそも屋敷内部が関係者以外に公開されるのも初めてだったからね。博物館の開設にあたっては、蔵の一部を改修したり、庭の手入れをしたり、来館者の動線を確保しながらプライベート空間を守ったりと、いろんなことがあったんだけど、実際は、いざ開館しようという段になってから、もうひと揉めあったんだ。その理由がこれで、展示物が壊れてね」

「誰がそんなことをしたんですか」

「それが、誰もしていないんだ」

と、井之上は言った。

「これらのことは、展示を終えてショーケースの湿度を調整し、施錠し終わった後、無人の館内で起こったんだよ。まったくの無人だ。間違いない」

「そんなわけないでしょ。なんで無人だとわかるんですか」

「防犯カメラの映像を見たから」

井之上は真っ直ぐ春菜を見て言った。

「誰も写っていなかったってことですか？」

「逆だよ。写るはずのないものが写っていたんだ」

「え……」

春菜は手元の写真をもう一度見た。そして青い振り袖の切り裂かれ方が、大口のお守り袋にそっくりだと思ってゾッとした。

「施設の奥に、黒く塗られた離れがあるだろ？」

と、井之上。

「あれは鐘鋳建設の昇龍さんが、あの場所まで曳かせたものだ。もともと、離れは回遊式庭園の東側にあったんだ。用水池の裏あたりにね」

そういえば、改修中の蔵があるのも離れの前だ。

春菜は思わず二の腕をさすった。鐘鋳建設は曳家を生業とする工事業者で、隠温羅流と呼ばれる影の流派を継承している。この流派は因縁がらみの物件を動かす術を心得ており、因縁切り業者としてその道では有名な会社であった。

重機で曳けない物件を移動する際は、曳き物件の屋根に上って移動の采配を振る必要があり、このとき、移動方向や力加減の指示を出す者を導師と呼ぶが、隠温羅流導師はそれぞれ特別な号を持つ。『昇龍』は先代の導師であり、現在はその息子、守屋大地が若くして『仙龍』という号で導師を継いでいる。というのも、隠温羅流導師は苛烈な因縁を祓う代わりに、代々四十二歳の厄年に命を落とす運命を背負っているため、寿命がとても短いのである。

「昇龍さんって、仙龍のお父さんですよね？」

「そうだよ。防犯カメラの映像を見て、すぐに昇龍さんを呼んだんだけど、彼は現場を見るなり離れを動かすと言ったんだ。驚いたのは、藤沢家の人たちがすぐに了承したことだ。たぶん何か思い当たることがあったんだろう。そういうところが気持ち悪いだろ」

「防犯カメラには何が写っていたんですか？」

蔵で感じた薄気味悪さを、春菜は思い出していた。井之上は明言する。

「着物姿の若い女だ。束髪のね」

「着物で束髪って……その人が展示物を壊したんですか」

「人間ならそういうことになるんだろうが。でも、たぶん、人じゃない」

「えー、じゃ、何なんですか……」

「映像は昇龍さんが燃やしてしまったけど、人間ではあり得ないんだよ。だって、展示ケースは施錠されていたんだし、館内は無人だったんだから」

再び春菜は写真を見た。着物を引き裂いたのが人間じゃないとするならば……

そしてまた、大口のお守り袋のことを思い出した。大口はお祓いに行くと言っていた。そしてたぶんもう二度と、あの現場には来ないのだろう。

「それからなんだ。女性に関わる展示品に『りん』と記すようになったのは。指示したのは昇龍さんだが、『りん』と印をつけて以降は、展示品が破損することがなくなった」

「どういう意味があるのかしら。そもそも、『りん』って、なんのこと?」

「高沢も知っていると思うけど、怪事の現場で怪事を語るのはタブーだろ? だから俺たちは理由を知らされていないんだ。昇龍さんも亡くなってしまったし。でも、またこんな話を聞くと、当時のことを思い出すんだよ」

春菜はもう一枚ページをめくった。そこには曳家のときの写真もあって、五色の御幣を頭に被り、屋根に立って幣を振る導師の姿が写されていた。導師は全霊で建物の声を聞き、どこにも瑕疵がないように、曳き屋師らの指揮を執る。裸の胸にサラシを巻いて、長く白い法被をまとうその勇姿は、一度だけ見たことがある仙龍の姿を彷彿とさせた。

かっこいいなあ……

そんな場合ではないのだが、春菜は思わずにいられない。そうしてふっと考えた。隠温羅流が曳くのは主に因縁物件だ。後続の職人に知らせるために、曳家した物件には因縁物の証を付ける。つまり、離れのどこかにも、猛禽類の爪に似た龍の指のマークがあるのだろうか。離れは公開されておらず、外から眺めることしかできない。

「井之上部局長、亡くなった林さん、実は首に振り袖を巻き付けていたんですって。警察の人に見せてもらったんですけど、明治大正期の古いデザインで、結構なボロボロ具合で、『りん』の印もないから展示品じゃないし、でも、藤沢家の収蔵品としたら、あまりに汚れすぎていて不自然な感じで」春菜はそこで言葉を切って、

「あれ、どこから出てきた振り袖なんだろ?」と、首を傾げた。「しかも、林さんは笑って死んでいたっていうんです」

「……厭なことを言うなよ」

井之上は眉をひそめた。

「本当です。だから蔵の立ち入り禁止部分を見に行ったんです。もしかしたら、そこから出たのかもしれないと思って。結局は、奥まで入れなかったんですけど」

「離れのそばの、非公開の蔵の、立ち入り禁止の部分だもんなあ……」

井之上はため息をついた。

「柵があるだけですが、お世辞にも入ってみたい雰囲気じゃないし、今回の工事で塞いでしまうことになっているみたいで」

「厭だなあ。大丈夫かよ?」

「大丈夫って、何がです?」

「いや、ほらさ、俺が言うのもなんだけど、アタマが長坂先生で、しかも死人が出たなん

て」

井之上は少し考えてから、

「仙龍さんに話してみるか?」と、春菜に訊ねた。

鐘鋳建設の仙龍とは、今までふたつの現場で仕事をしている。どちらも因縁物件で、そのたびに春菜は怖い思いをさせられた。それでもガテン系イケメンの仙龍は目の保養になるし、初めて会った頃に比べれば、少しはお互いのことが理解できてきたようにも思う。でも、と、春菜は背筋を伸ばす。

「だって、予算外じゃないですか。長坂所長が頼むならともかく、うちが鐘鋳建設さんに話を通して、支払いが発生したらどうするんですか?」

「その場合は博物館に直接交渉してもらえばいい。長坂先生が予算を割くはずは絶対にないが、いずれにしても死人が出るのは尋常じゃない。しかも笑って死んだっていうんだろ? 仙龍さんにしてみたところで、もともとお父さんが関わった現場なんだから、興味があると思うんだよな。どうなるかは別にして、話は通しておいたほうがいいと思うぞ」

井之上の指示が出たことで思わず頬がほころびそうになって、春菜は無理やり渋面を作った。導師の写真を見たせいか、ぶっきらぼうで無愛想でトーヘンボクな仙龍が恋しくなっていたのだった。

その日の午後、春菜はさっそく鐘鋳建設へ飛んだ。仙龍に電話して相談にのってほしいと告げると、会社に来いと返事をもらったからだった。

今年の夏は長雨と天候不順のせいでパッとしないまま終わってしまった。夏を感じる前に季節はすっかり移行して、信号で停車したときなどは、赤みがかった午後の日射しにトンボの影が見え隠れするのでハッとする。秋はもの悲しい感じもするけれど、春菜はこの清浄な空気や風が好きだった。

鐘鋳建設は郊外に社屋を構えている。建物には看板すらなくて、敷地内に整然と積み上げられた鉄のレールや枕木などで建設会社かなと思う程度だ。いつもなら駐車場に着くなり作業場から駆け出してくるコーイチの姿もなくて、今日は閑散とした雰囲気だ。

軽妙快活でシンバルを叩くお猿のオモチャのようなコーイチは、過去二度の因縁物件にともに関わった仲間でもある。隠温羅流では研鑽五年で純白の法被を賜るといい、それに至らない職人を『法被前』と称するらしい。入社三年目の法被前職人コーイチは、白い法被をまとって曳家に参加できる日を指折り数えて待っているのだ。

「コーイチが出てこない……どうしたのかしら」

ハンドルを切りながら、春菜は作業場を覗き込んでみた。普段は鬱陶しいコーイチだが、姿が見えないと妙に淋しい。駐車場の隅に車を停めて、ルームミラーで自分の顔を確認し、バッグからコンパクトを出して鼻の頭にファンデーションを叩いていると、見るからに高級そうな車が一台やってきて、事務所の前に停車した。助手席にいるのは仙龍で、運転者の顔は見えないが、車を降りた仙龍がスーツ姿だったので春菜は思わず釘付けになった。

運転席のドアが開き、歳の頃三十前後の女が降りる。和服に髪を高く結い上げて、クラブのママか花街の姐さんといった艶やかさだ。

「何よあれ、すっごい美人……」

春菜は思わずコンパクトを閉じた。対抗意識剝き出しでルームミラーに自分を映し、ショートカットの前髪に指を突っ込んで搔き上げてみたが、和服女の色っぽさには遠くおよばない。それにしてもなんなのあの女。思わず運転席に体を伏せると、

「仙龍さん」

と、女が呼んだ。バックミラーに二人を映して見ていると、女は車を回り込み、仙龍の正面についと立った。

何それ、距離が近すぎるでしょう、と春菜は思う。女の長い指が仙龍の胸元を這い、襟穴のあたりで手を止める。それから女は、指先につまみ上げた何かを仙龍に渡した。

「ああ、悪いな」

仙龍の声を聞いて顔をしかめた。なんなのよ。普段は女にまったく興味ありませんって

顔しちゃってるくせに、なんで鼻の下を伸ばしているのよ。仙龍は斜め後ろを向いているのだから、鼻の下など確認できないのにそう思う。

さらにバックミラーを覗いていると、女はたおやかに微笑んで小首を傾げ、自分の車へ戻っていく。歩く仕草も、ドアを開けて乗車するまでの体のしなりも、春菜にはとても真似(まね)できない。相手は立派な大人の女性で、自分はつまらないガキに思える。車を降りる機会を失ったまま、運転席に沈み込み、春菜はぎゅっと目を閉じた。バカバカバカ。ばかばかばか。莫迦(ばか)をもう数回繰り返していると、

「降りないのか？　何か相談があるんだろう」

と、声がした。顔を上げると、社屋の入り口に仙龍が立って、こちらを見ている。春菜が車を降りるのも待たずに、彼は階段を上がっていった。

「はあ？」

たぶん仙龍ではなく自分に吐き捨て、春菜はバッグをひっ摑むなり、いきおいよく車を降りてドアを閉めた。

鐘鋳建設の事務所は二階にある。いつ来ても社員の姿はほとんどなくて、広い事務所は閑散としている。並んだデスクの一番奥に、室内を見渡すように置かれているのが仙龍の机で、並びに神棚が設(しつら)えられている。入っていくと、仙龍はスーツの上着を脱いで、

「少し待っていてくれ」

と、言った。とりあえず応接ソファに座ったが、まだ腹の虫が治まらない。春菜は腕組みをして背筋を伸ばし、長坂に対峙するような渋面で仙龍を待った。

わずか一、二分後、仙龍はラフなTシャツに作業ズボンという出で立ちで戻ってきた。鍛え上げられた筋肉のラインがわかるTシャツも好きだが、スーツ姿の彼はセクシーだった。それにしても、あの女はなんなのだろう。

「待たせて悪かったな」

仙龍はそう言って春菜の正面に腰掛けた。いつもはタオルを被って見えない髪も、今日は手入れが行き届いている。誰とどこへ行ってきたのか訊きたかったが、意地でも春菜は黙っていた。

「それで？　相談というのは」

仙龍も仙龍で、一緒にいた女のことなどおくびにも出さない。そっちがその気なら、と、春菜は事務所を見渡して、

「今日は？　コーイチは？」

と、訊いてみた。仙龍はニヤリと笑った。

「用があるのは俺ではなく、コーイチか」

「そうじゃないけど、姿が見えないなーって思って」

そのまま気まずい沈黙が来たので、仕方なく春菜は座り直して、膝の上にバッグを置いた。中からパンフレットを取り出して、仙龍を見る。スーツ姿で女に送られてきたわけも、コーイチがどうしているかも説明せずに、仙龍は澄ましている。その顔が整っているから、余計頭にくるのだ。春菜はパンフレットを広げて仙龍の前に押し出した。

「糀坂町にある藤沢本家博物館」春菜が言うと、

「知っている」と、仙龍は短く答えた。

「今ここで、改修工事が行われているの。未公開だった蔵を改修して展示室にして、十月末にリニューアルオープンすることになっている。でね、弊社が担当するのは展示装飾なんだけど、一族の婚姻儀礼を展示するブースになると決まっているの。すでにプランも認可が下りて、サイン関係も発注済みで、あとは引き渡し後の展示作業になるんだけど、今朝、現場を確認に行ったら、中庭の池で業者が一人亡くなっていて」

仙龍はパンフレットに視線を注ぐ。

春菜は続けた。

「刑事さんとも会ったんだけど、奇妙なことが二つ三つ」

「うむ」

仙龍は低く答えた。

「ひとつ。その蔵には立ち入り禁止の場所があって、今回の工事で塞いでしまうことになっているのね。もちろん弊社が提供された現場図面にも塞がれる部分の記載はなくて、そういう仕様であることを今朝知ったばかりなんだけど。で、もうひとつ。工事を始めてからここでは職人さんが二人も亡くなっているの。一人目は中庭の松の木の下で、赤い帯締めを握って死んでいて、もう一人が昨夜だったのよ。独りで作業していた内装屋さんが、中庭の池で振り袖を首に巻き付けて死んだみたいなの。警察の人に話を聞いたら、どちらも自然死らしいんだけど……。で、最後のひとつは、亡くなった人が笑っていたってことなのよね」

「笑っていた？」

仙龍は顔を上げた。

「笑ったような顔だった、ってほうが正しいのかも。中庭の池は浅いんだけど、顔を水につけて意識を失ったために窒息したんじゃないかって。で、引き上げたら、死に顔が笑っていたと刑事さんが。それでね？」

と、春菜は前のめりになった。

「弊社の井之上が言うことには、あそこが博物館になったとき、御社の昇龍さんが離れを今の位置に曳家したって」

仙龍はソファの背もたれに体を預けた。春菜のパンフレットを手に取って、敷地図面を眺めている。図面は観光客用に描かれた平易なもので、順路や展示物のわかりやすさを優先しているため正確ではなく、バックヤードや非公開部分はグレー一色で塗りつぶされている。

「昇龍は俺の親父だが、俺自身はこの博物館の事情を知らない。高校がこっちじゃなかったし、法被前ですらなかったからな……」

仙龍は立ち上がって自分のデスクに向かった。受話器を上げて、どこかへかけて、

「悪いが棟梁に話を聞きたい。ちょっと事務所へ来てもらってくれ」と告げた。

鐘鋳建設は多くの職人を抱えているが、春菜が懇意にしているのは今のところ仙龍とコーイチだけだ。そのコーイチに言わせると、棟梁とは鐘鋳建設の専務のことで、先代の頃からずっと会社を支えている屋台骨。そろばんを弾くのが仕事で、仙龍の尻を叩ける唯一の重鎮だということだった。その数秒後。仙龍が席に戻るより早く、階段のほうから軽快な足音が近づいてきた。思わず春菜が腰を浮かすと、ドアを開けて事務所へ入ってきたのは、小柄でつるつる頭の男性だった。体は華奢だが、仙龍同様に無駄のない筋肉を持っている。歳の頃は六十代半ばくらいだろうか。

「若。お呼びで?」

首に掛けた手拭いで、つるりと顔を拭いて訊くのを、仙龍は春菜のほうへ促した。

「あの……はじめまして、わたくし株式会社アーキテクツの……」

春菜は慌てて名刺を出した。皆まで言い終えていないのに、仙龍は先を続ける。

「棟梁、教えてくれないか。こちらはアーキテクツさん。今、糀坂町の藤沢本家へ改修工事に入っているらしいんだが、現場で人が亡くなっているようで」

「糀坂町の……ですかい」

棟梁は思いっきり眉根を寄せると、

「こりゃどうも」

と、春菜の名刺を受け取って、自分も懐から名刺を出した。『株式会社鐘鋳建設　専務取締役　守屋治三郎　Jiichiro Moriya』と、書かれている。

「社長と名字が同じなんですね。それに、治三郎と書いて、じいちろうって読むんですか？」

「呪だよ。継嗣が短命の家系だから、男兄弟が生まれたときは、障り除けのために『いち』をつけるんだ。棟梁は、爺さんの末の弟にあたる」

仙龍が言うと、棟梁は鼻に皺を寄せて笑った。

「ま、彼岸と此岸の駆け引きなんざ、思いどおりにゃいきませんがね。あっしは七十四にもなるジジイですが、若にはまだまだガミガミ言わせてもらっておりやす」

仙龍が背負う四十二年の寿命というのは、職人の世界ではどうなのだろう。老齢に達してようやく見える境地があるものか、それとも、因縁切りの仕事に年齢は関係ないのだろうか。今は目の前にいる仙龍が、十年も経たずにこの世から消えてしまうなんて信じられない。春菜の気持ちを知る由もなく、仙龍は自分の隣に棟梁を座らせた。

「さっきの三つを、もう一度棟梁に話してくれないか」

仙龍に促され、春菜は再び事情を語った。話し終えると、棟梁は首に掛けた手拭いの端を両手で握り、テーブルに置かれたパンフレットを見つめたままで、

「それで？　あっしに教えてほしいというのは？」

と、静かに訊いた。春菜に向けて言ったのか、それとも仙龍に向かってか、判断のつかない訊き方だった。

「そうしてそっちの姉さんは、その後どうしなさるね？　あっしの話を聞いたなら、改修工事を取りやめますかね？」

続けて思いがけないことを言ってくるので、春菜は答えに窮してしまった。もちろん工事をどうこうできる権限など、春菜にはない。

「いえ……弊社が請け負うのは展示関係だけなので、工事には直接関わっていないんです」

「なら悪いこたぁいわない、手を引きなせえ。どうしてあの蔵を開けることになったのか、あっしにはまったくわかりませんがね。あすこも代が替わっちまって、今の館長さんは何も知らされてねえのかしらんが、離れを巽の方角へ曳いたのには、それ相応のわけがありやす」

「巽の方向……」

と、仙龍が言う。

「まあ、『寄せた』ってぇことなんですがね。それで、あの場所は常に清浄に保って、他所者（よそもの）は入れないってことで話がついていたはずなんですが」

「なんですか？『寄せた』って？」

訊いてみたが、棟梁も仙龍も教えてくれない。春菜は質問の仕方を変えてみた。

「満丸左官さんの話では、工事を始める前は、蔵の入り口に注連縄が張ってあったそうです。あと、鉤形に突き出した立ち入り禁止部分の通風口にも注連縄があって、あれはもしかして、御社が昔……」

棟梁は、はあーっと長いため息をついた。

「いやね、別にかまわねえんですよ。建物をどうしようと、それは持ち主が決めることですからね。ただ、あすこは博物館になっちまって、関係のない人たちが大勢出入りするわけでしょう。姉さん、はるなさんといいましたかね」

「はなです」

棟梁は顔を上げ、真っ正面から春菜を睨んだ。眼光が鋭いから睨まれたように感じるが、本当はそうではなくて、春菜の本意を見極めようとしたのかもしれない。

「なるほどね。若やコー公の言うとおり、アゲの強いサニワってぇご面相をしてなさる」

「アゲの強いサニワ？　私は広告代理店の営業ですけど」

「わかっているから棟梁に絡むな」

横から仙龍がそう言ったのが、春菜は余計気に入らない。

ああそうですか。どうせ私は大人っぽくも色っぽくもないですからね。と、関係のない愚痴が出そうになる。そもそもサニワが何なのか、いまだに釈然としないのだ。厄祓いのプロデューサーみたいなイメージをおぼろげに持つばかりだ。ぷうっとほっぺたを膨らませていると、「はははは」と、棟梁は笑った。

「いや失礼。それで件の蔵ですがねえ、蔵を開けたくらいじゃどうこうないよう、きちんと封じてあるはずで。それで死人が出たってぇのは、ちょいと納得いかねえんで」

二人の正面に座った春菜は、彼らの様子を交互に眺めた。因縁物件に関わる話になると、どう質問すればいいのかすらわからなくなる。とにかく、話に首を突っ込みすぎてサニワ役をやらされるのはもう懲り懲りだ。

「離れには何がある？」

ついに仙龍が棟梁に訊いた。

「親父が絡んだ物件で障りがぶり返したなんて、俺としては放っておけないんだが」

すると棟梁はキッと仙龍に目を向けて、

「だから言ってるじゃあねえですかい。うちはキッチリ封じたと。誰が絡もうと、勝手に封印解かれた日にゃあ、どうすることもできねえよ」

と、吐き捨てた。底冷えのする声だった。

「若、いいですかい？　あっしらは職人なんだ、神様じゃねえ。身の程をわきまえるってのも大事だよ」

仙龍は問うように春菜を見た。

「禁止された場所に入ったのか？」

思わず身を引きたくなるような目の色だ。

「入ってないです。満丸左官さんの目地ゴテが禁止区域にあるのが見えて、それを拾いに行っただけ。気持ちの悪い廊下だし、奥だって真っ暗だし、とても入ろうとは思わない。それに、コテを拾った左官屋さんのお守りが音を立てて千切れてしまって……」

「は？　なんてえこった。そりゃぁ、やっぱり、あれを出しやがったに違えねえ」

突然、棟梁が青筋を立てたので、春菜は思わず萎縮した。話を聞きに来ただけなのに、自分が叱られたような気がしたのだった。

「出しやがったって、何をです？」

棟梁はひと言も答えずに席を立ち、ずんずんと事務所の奥へ入っていった。事務所には給湯室とトイレのほかに不明の部屋がふたつあるが、棟梁はそのうちひとつの引き戸を開けると、中へ入って戸を閉めた。怒り心頭に発したという態度であった。

春菜は怖々(こわごわ)仙龍を見た。仙龍の顔にも緊張感が漲(みなぎ)っている。

「目地ゴテは、わざわざそこへ置いたのか？」

「まさか。満丸左官さんは土塀の工事に来ていて、だからコテは庭に忘れたの。なのに、どうしてか廊下にあって……」

「本当に誰も入っていないのか？　立ち入り禁止の場所には？」

春菜は大口の言葉を思い出していた。

「そういえば……パグ男がそこから出てくるのを見たって」

「死人が出たのはその後か？」

「かもしれない。わからないけど……」

「来い」

仙龍は春菜を立たせると、棟梁の後を追った。

「凶事中の凶事なんだよ。物が勝手に動くこと、護符や守り札が破損するのは」

そう言って、不明の部屋の引き戸を開けた。

内部は資料室のようだった。掛け軸を入れる長い箱、巻物や設計図面のほかに、大きくて平たい木箱や加除式ファイル、古い書物やノートや書類が、天井まで届く棚に詰め込まれている。中央にはテーブルがあって、棟梁はせっせとそこに資料を積み上げていた。

仙龍が春菜に言う。

「ここに保管されているのは、今まで手掛けた仕事の資料だ。と言っても、曾祖父の代に一度火を出して、昔の記録はすべて焼けてしまったんだが」

「因縁ものってぇのはね、時が来れば自然と火を出すもので。だからこの部屋もね、防火壁で囲ってあるんでさ」

棟梁は言って、製本された一冊を広げた。藤沢本家の内部写真と思しきものが並んでいる。『因縁もの』が『自然と』火を出すなんて、春菜は聞いたこともなかったが、博物館に改修される前の建物の写真には、確かに、底冷えのする感じがまつわりついていた。写真や書類に染みついた因縁のせいで自然発火が起きたといわれれば、納得できそうな不気味さではある。

「姉さん、ちょいとご覧なせえ。この写真はね、現在茶室になってる棟でやす。あすこは往時水屋だったんで、中二階というか、屋根裏みたいな場所に使用人の部屋がありやした」

写真は細長くて薄暗い部屋を写したものだった。腰を屈めなければ頭を打つほど天井が低く、床はささくれや傷がついた板張りで、一部に貧相な畳が敷かれている。空気孔程度の細長い窓には格子がはめられて、外に見えるのは屋根瓦だけだ。

「使用人ひとりに与えられるスペースは畳一枚がいいとこで、親元から持ってきた着替えのほかには、せんべい布団だけが財産で、薄い布団に柏餅みたいにくるまって眠るんでさ。朝早くから夜遅くまで、日のあるうちは働きづめなんで、部屋には明かりも用意されねえ。それでも親元にいて飢え死にするよりゃマシで、そうはいっても奉公は辛く、だから使用人部屋には階段がないんです」

「え……じゃあ、どうやって上るんですか」

「梯子でさぁ。そんでもって、夜は梯子を外しっちまうんだ。親恋しさに逃げ出す者や、自殺者が出ると面倒だからね」

春菜は言葉を失った。昔は人の命がずっと軽かったと知っているつもりでいたけれど、あの美しい博物館にも等しく歴史があることを、改めて知らされたように思った。

棟梁はまた、ページをめくる。

「この資料を編纂したのは、信濃歴史民俗資料館の小林先生ですよ。先生はあすこが博物館になると聞くや、すぐさま藤沢本家へ連絡してね、改修前の建物を資料として残す許可を得て、それで本にしなすった。隠温羅流が入ったのもその縁で、なんですか、物が壊れるとか幽霊が出るとか、井之上さんから連絡をもらって、昇龍と見に行ったんですが……」

何枚かめくると、離れらしき写真も出てきた。

ぐるり巡った広縁の奥、障子が開け放たれて二間続きの和室が見える。意匠を凝らした造りだが、春菜は写真を見ているうちに、不穏で淫靡なものを感じた。

「……気持ち悪い……この写真……」

棟梁は「ほう」と、答えた。

「どんなふうに気持ちが悪いですかい？」

春菜は右手で胸元を押さえた。

「へばり付くような感じというか……」

答えた瞬間、春菜は煙の中にいた。

目の前にあるのは広い和室で、そこに大勢の人がいる。床は一部が切り取られ、そこに小さな櫓(やぐら)が組まれて、掘りごたつの炉のようなところからモクモクと煙が噴(ふ)き出(だ)していた。櫓に下がる御幣の淫(みだ)らさ。立ち上る煙で銀鼠色(ぎんねずいろ)に周囲は霞(かす)み、饐(す)えた体臭と、ドブのような息、激しい怒号と、濃く脂ぎった汗の臭いを感じた。

「煙(けむ)い。咽(む)せる。目が痛い」

そう言って春菜は涙を流した。喉の奥に何かが絡んで、盛大に咽せ返る。腰を折って咳き込んでいると、仙龍が背中を叩いてくれた。

「大丈夫か」と、訊く。

自分でもわけがわからないままに、春菜は両目を白黒させた。

「煙いわ。なんなの」

答えながらも、下半身から力が抜けていくようだった。

棟梁はページを閉じた。

「姉さん、あんたはそれでよくもまあ……藤沢本家の仕事に関わって、長いのかね」

「いえ、まだ三年ほどです。新米なので」

気が付くと、煙の臭いも広い和室も、すっかりどこかへ消えていた。

「なんなの？　今、煙が……」

棟梁と仙龍は視線を交わした。

「噂に違わずサニワが強いや。姉さんが今感じたものは、本物の煙じゃなくって、幻覚だねえ」

「ゲンカクって？」

「誰かの記憶とでも言やいいのか、染みついた電波をキャッチしたってほうが今風ですか、ともかく、そういったもんですよ」

「ちっともわからないんですけど」

「素人さんにわかれってほうが無理な話で。それしか説明のしようもねえが、とにかく、今、姉さんが感じたようなことを、昇龍もあすこで感じたんです。遠くない昔、あすこで残忍な儀式があって、そのときの怨念がね、まだ強力に息づいていたってわけで。だから離れを曳家して、不特定多数の人間が出入りする場所から障りを遠ざけたんですわ」

棟梁はそう言うと、

「いいですか？」

と、諭すように春菜と仙龍を見た。

「あすこにはね、若い女の死霊が憑いていたんです」

頭から水をかぶせられたように、春菜は全身に鳥肌が立った。監視カメラに写っていたという女の話を思い出す。

「女は離れに憑いていたのか」

仙龍が訊くと、棟梁は首を振った。

「相手は人間じゃぁねえですからね、離れと、蔵と、その両方におりやした。だから昇龍は離れを蔵の前まで曳いて、女を蔵に閉じ込めたんで」

「じゃ、立ち入り禁止の、塞ぐ予定になっている場所は？」

「女が死霊になった場所ですよ。女は離れで辱めを受けて、件の蔵で死んだんです。あれはもともと蔵座敷でね、姉さんが立ち入り禁止と言う場所が、座敷牢じゃねえですかい」

「座敷牢って……」

「死ぬまで手を焼いたってことでしょう。敢えて敷地内に匿ってたのは、その女が一族の者だったってことですわ。あんときはお施主さんの手前もあって、深くは詮索しませんでしたがね、少なくとも当主は心当たりがあったようで、離れを曳くと言ったときも、手放しで了承してくれました。事実、屋敷に出入りしていた者に幽霊の噂も多かったですし、何人か、変死者も出ていたようですしねぇ」

だから注連縄が張られていたのか。春菜は恐怖で目眩を感じた。廊下に噴き出していたのが瘴気とわかれば尚更に、大口の目地ゴテがあそこにあったことが恐ろしい。

「まったく、その左官屋さんは命拾いしやしたよ。お守りがなかったら、引き裂かれていたのは本人だったかもしれねぇや。池で死んだ職人だって、死霊に魅入られたのかもしれねえし」

「出しやがったというのは、座敷牢の死霊のことだったんだな？」

棟梁は頷いた。

「あんときは離れを曳家して、双方の怨念をまとめて寄せて、高価な帯や豪華絢爛な衣装をエサに、座敷牢に封じたんですよ」

「その中に帯締めもありましたか？　真っ赤な帯締めです。若い女性がするような。あと、黒地に白い菊の振り袖。蝶々の模様がついている」

「ありましたねえ。昇龍の言うことにゃ、死霊は男狂いってんですか？　とにかく男を憎んで、好いて、色欲物欲甚だしいって話だったんで、若い女の好みそうな品を本家に用意してもらってね、腰巻き、帯締め、簪、リボン、あと真新しい振り袖まであつらえて、ほかには野郎のヒトガタと……まあ、そんなこんなで、あの女には座敷牢へ戻ってもらったって段取りで」

「うそ……」

春菜が呟くその横で、仙龍は棟梁に訊ねた。

「もしもその女が外へ出たなら、どういうことが起こるんだ」

棟梁は首を竦めた。

「あれが出たまま座敷牢が塞がれちまったら、牢に戻すことはできませんがね」

仙龍が春菜を見る。春菜は慌てて両手を振った。

「ちょっと待って。今回、私はなんの権限もないの。もちろん予算もまったくないし、博物館から調査を依頼されたわけでもない。御社にお仕事を出すつもりで来たわけじゃ」

「ないんだろう？　わかっている」

仙龍は棟梁が積み上げた資料の中から、別の一冊を抜き出した。それは青焼きした図面の記録で、曳いた離れの重心や、工事の過程を記録に残したものらしかった。

「女の正体はわかっているのか？　棟梁」

棟梁は頭を掻いた。

「色欲物欲凄まじくって、一族にそういう人物がいたってぇ詮索を、昇龍は好まなかったんですがねえ、でもま、こっちも蛇の道は蛇ってもんで、一応目安はつけました。菩提寺のぼっしゃんに話を聞いてね、過去帳を見せてもらったところ、六代目当主の藤沢儀兵衛の娘がひとり、数え十七歳の若さで死んでましたよ。藤沢家を豪商にのし上げたのは、主にこの儀兵衛の手腕だったそうですがねえ。儀兵衛には息子が四人いて、娘は末の生まれですが、どうやら母親が違うらしい。儀兵衛は二度結婚していて、四人の兄は先妻の子供。娘だけが後妻の子供。現在の藤沢家は先妻のほうの末裔（まつえい）ですが、ちょいと複雑なことに長男は、儀兵衛の死後、継母（ままはは）を正妻に迎えたそうで、嫡男は授からず、三男の息子を養子縁組して跡を継がせたようでした」

「え？　つまり、長男は義理の母親と結婚したってことですか？」

春菜が訊くと、棟梁は言った。

「まあ、そういうことになりますか」

一瞬頭が混乱したが、儀兵衛と後妻の年齢が親子ほど違えばあり得る話だ。当時は婚姻年齢が低かったのだし、たとえば後妻が十代で嫁に来たならば……

閃（ひらめ）いて春菜は訊いてみた。

「その亡くなった娘さん、『りん』って名前じゃないですか？　それか、後妻さんが」

「いんや」

棟梁は頭を振った。

「そんな名前じゃなかったが……ああ、なんつったかな。年をとると、これだからいけねえ……そう、娘はたしか『マサ』って名で、後妻のほうは『ヤナギ』だったと思いますがね」

「そうですか」

ようやく『りん』の謎が解けたと思ったが、そうではなかった。

「なんなんだ？　『りん』ってのは」

仙龍が訊く。

「藤沢本家の展示物には、『りん』と記す決まりがあるの。それを指示したのも昇龍さんだと聞いたけど。帯締めや振り袖には印がなくて、だから展示物じゃないとわかったの」

「知っているか？」

仙龍が訊くと、棟梁は、

「いやあ」

と、曖昧(あいまい)に首を傾げた。

「曳家はともかく、展示物にまで口出しした覚えはねえですけども、昇龍がやったんですかねえ」

「おかしいわね……井之上部局長の記憶違いかしら……」

仙龍は何事か考え込むように頭を巡らせた。

「リニューアルオープンは十月末と言ってたな」

「そうだけど……元請けはあの長坂設計よ。とてもじゃないけど、因縁話に耳を貸すとは思えない」

そこまで話して春菜はふと顔を上げ、「でも」と、言った。

「本当にパグ男が封印を解いちゃったなら、彼はどうして無事でいるの？　パグ男はお守りなんか持つわけないし、大口さんや内装屋さんより先に、あの廊下へ入っていたのに」

「得てして、不信心が過ぎるってぇのはそういうもんでね。そこが、この仕事の難しいところなんでさぁ」

棟梁は苦笑いした。

「実際に、こういうことがありやした。半年ほど前ですが、ある婆さんが一人暮らししていた家を建て替えることになりまして、年も年だってんで息子夫婦が婆さんを施設に入れて、自分らがそこへ住もうって腹でね、婆さんを家から出そうとしたんですが、婆さんのほうは思い出深い家で看取られたいと、息子らの話に耳を貸さずにいたんだが、ある日ポックリ逝っちまってね。そうすると、息子夫婦は四十九日も済まねえうちに、古い家ごと何もかも、それこそ仏壇も形見の品もね、洗いざらいうっちゃって潰して更地にしちまったんで」

この意味がわかるかというように、棟梁は春菜の顔色を窺ってから、また先を続けた。

「それだけじゃねえ、新しい家を建てる段になったところが、地鎮祭すらやらねえという。おっかなくて、そんな現場に入る大工はいませんや。仕方なくハウスメーカーが自腹を切って、地鎮祭だけ執り行った。ところがね、地鎮祭で撮った写真に死んだ婆さんが参列していたってんで。そっからですよ。工事現場、敷地の庭、あっちこっちで婆さんの姿が目撃されて、次から次へと事故が起き、現場関係者は残らずけがをさせられた。ところがね」

と、棟梁は、ゆっくり首を左右に振った。

「職人が三まわりくらいしてようやく家が完成しても、当の息子夫婦にはなんの障りもないんでさ。家には今も婆さんが憑いているようで、近所の人がしょっちゅう見かけるって話を聞きますが、息子夫婦はどこ吹く風で、まったく平気なんですなあ」

「どうしてですか」

春菜が問うと、仙龍が答えた。

「世の中には、感応しない人間がいるんだ。他人の痛みを感じない、思い遣りの機微もない、そういう人物は怪異に遭遇しても気づかないし、無神経だから平気でなんでもやってのける。馬の耳に念仏どころか、目の見えない相手にオバケの絵を見せるようなものだ」

「張本人のパグ男は無事で、まわりが迷惑を被るってこと?」

ムッとして春菜が言うと、棟梁は眉尻を下げて、

「姉さん。ひとつ教えておきやすが、相手がどんな輩であっても、不幸を望むのはよすことだ。望んだ不幸ってぇものは、必ず自分に返ってくると、肝に銘じておきなせえ。それに、あっちは訴えたいことがあって出てくるんで、冷血漢のトーヘンボクに何を言って

も、聞いてもらえるわけじゃねえってことは、端からわかっているようなんだ」

と、唇を歪めて言った。

「でも、そんなのって不公平じゃないですか。パグ男のせいで職人さんが亡くなったなら」

「そんなふうに考えるのはよせと、棟梁は言っているんだ。おまえの魂が汚れるだけだ」

仙龍は苦笑した。

「誰か死ぬのは呪いのせいだと、信じたときから呪いは力を持つもんで。放っておけば不幸な自然死で片が付く。流されて、薄まっていっちまうんでさ。なんでもかんでも取り立てて不安を煽ると、関係のねえ人たちまでね、因縁に引き込んじまうんですよ」

「生まれ出そうな障りの処理は、密かに速やかにやるしかないんだ」

「それじゃ……いったいどうするの？　あの場所を」

訊きながら、春菜は仙龍と棟梁の間に漂う微妙な空気に気が付いていた。

こんな感じは初めてだった。今までなら有無を言わさず現場に引っ張っていかれたというのに、今回の仙龍は様子が違う。棟梁の顔色を窺っているのか、それとも、死んだ父親の仕事をやり直すことに遠慮があるというのだろうか。

「棟梁」

しばし間を置いてから、すがるような声で仙龍は言った。

小柄な体軀にガチガチの職人魂をまとった棟梁は、曳家した離れの図面を見下ろしたまま、何事か考えているようだ。落ちくぼんで三角形になった目は表情を読み取れないのだが、引き結んだ唇が迷いを表しているようにも思える。

「いやあ……」と、小さく唸った後、

「このケースは、若。初めてじゃねえですかい？」

と、棟梁はようやく仙龍に顔を向けた。そして答えを待つこともなく、

「浄化を願っている障りとわけが違うよ。ここのはわずか百年足らず。いまだに生々しく血を流している最中だ。しかも、打つ手はすべて昇龍が打ち終えた後ですぜ？」

と、厳しく言った。

「だが、このまま放っておいては昇龍の名に傷がつく」

「それは、あっしらのせいじゃありませんや。お施主さんが約束事を破るから」

「破ってはいない。その場所は塞ぐ予定だそうだ」

「塞ごうが何しようが、そんなこたぁ関係ねえ。離れはともかくあの蔵は、今後一切手をつけねえってことで話がついていたんですから」

「代替わりして情報が正しく伝わっていない可能性だってあるだろう。現に座敷牢は立ち入り禁止になっていたんだし」

「ああー、まったく」

棟梁は、ペチンと自分の額を打った。

「若は見ちゃいねえんで。あんときだって、昇龍がどんだけ命を張ったか」

それから棟梁は低い声で、

「悪いこたぁ言わねえ。今までとは違いやす。早いとこ浄化されてえと、障りが協力してくれるような現場じゃねえんだ」

と、もう一度言った。

「食い足りていねえ野獣の檻へむざむざ入っていくような話です。昇龍のときみたいに策があるってんならまだしも、同じ手は二度と使えねえんだし、隠温羅流といえども万能じゃねえ。封印できねえ障りなんざ、この世にゃごまんとあるんですから」

二人の世界からはじき出されてしまったようで、春菜は無言で立ちすくんでいた。

今までの現場とは違うって？　今までだって、とんでもない現場ばかりだったじゃないの。

でも、もしも、棟梁の言うようなモノが本当にあそこにいたとして、それを野放しにしておいたなら、どんなことが起きるのだろう。工事が進んで座敷牢が塞がれてしまい、死霊が出たままになったなら。

「もしも浄霊できなかったら、どんなことになっちゃうんですか？」

春菜は怖々訊いてみた。六十代とも思えた棟梁は、急に老け込んだ顔になり、それを隠すかのように顔全体を手拭いで覆って、ゴシゴシ拭いた。

「まあ、夜にさえ近寄らなけりゃ、そうそう事は起きますまい」

棟梁の言う『事』が、今回のような死亡事故を指しているのは明白だ。

「改修後は、蔵で女の姿を見たとか、物がどっかへ動いたとか、そういうことは起きるでしょうが、死霊は『場所』にくっついてるんで、屋敷より外へは出ませんや。ただ、間違いなく家運は傾く。あすこを博物館にしなけりゃならなかったときみたいにね」

小林教授が編纂した資料を再び開いて、棟梁は博物館になる前の藤沢本家の写真を示した。屋敷全体がうらぶれて、現在の様子とはまったく違う。

「人ってぇのは災禍のニオイに敏感でね。もちろん一部のトーヘンボクを除いてですが。だから、あっという間に客足が遠のいて、閉館に追い込まれると思いやす。そっからどれだけもつものか、あすこが座敷牢ごと取り壊されるまで、死霊は自在に徘徊して、次々に獲物を狩るでしょう。もしかしたら、壊すことすらできねえかもしれねえよ。祟りを恐れて業者が手を引き、廃墟になって残されっちまうんだ。そんな場所なんて、そこいら中にありますよ」

『いまだに生々しく血を流している』障りとは、いったいどういう意味なのか。

「現場を見られるか？」

仙龍が春菜に訊ねると、

「若」

と、棟梁は声を荒らげた。仙龍が不敵に笑う。

「隠温羅流導師の寿命は四十二だが、それまでは寿命があるってことだろ？　とにかく、本当に封印が解かれたか、それともただの事故なのか、俺は確認したいんだ」

「言っときますが、人間風情が寿命をどうこうできるなんて、そんな不遜な考えは捨てることでさ。あっしらは大っきな流れの一部に過ぎねえ。うちの社長が代々厄年に死んでるからって、若も同じとは限らねえでしょ？　百まで生きるかもしれねえし、四十二を待たずに獲られっちまうことだって……」

「そうだな」

と、仙龍はまた笑う。

「なら、再び封印するのは不可能なんて、棟梁はどうして言い切れるんだ？」

「ちっ」

棟梁は舌打ちをした。

「図体と口ばっかり達者になりやぁがって、まったく」

それから春菜を横目で睨み、

「サニワサニワ……どうやらこの姉さんの強運が、災禍を引き寄せっちまうんでしょうな」

と、呟いた。

「いいでしょう。でもね、今回ばかりは、若のわがままで通せる話じゃねえですよ？　現場見て、いい手が浮かばなかった場合には、スッパリ手を引いてもらいやすからね。そうしてもちろん、因縁切りにはあっしも同行いたしやす。あっしもですが、隠温羅の綱取り全員がね。いいですね？」

仙龍は何も答えず、春菜に視線を送った。そのとき、

「崇道浩一、ただいま戻りました！　ありぁとあしたっ！」

重い空気を一蹴するほどバカでかくて元気な声が、事務所のほうから聞こえてきた。

二人の間に挟まれていたので、春菜は心からホッとして緊張が解けた。仙龍が資料室を出ていったので、後を追って部屋を出ると、棟梁は資料室の戸を閉めてしまった。

だだっ広い事務所では、スーツ姿のコーイチが神棚を拝んでいるところだった。

「あれ？　やっぱ春菜さんだ。車があったからもしやと思ったんすけど……やー、お久しぶりっすねえ。相変わらずの美人さんで……」

振り向くなり、コーイチは満面に笑みを浮かべる。いつも以上に滑らかな口調は酔っ払っているからなのか、目の縁を赤くして、人生で一番幸せだという顔をしている。いつもはTシャツにぼんたんパンツ、頭にタオルを巻いているのに、今日は髪に櫛を入れ、ビシッとスーツを着こなしている。猿にも衣装の出で立ちはなかなかのもので、春菜はスーツ

姿の仙龍が妙齢の美女と一緒だったことをまた思い出した。

「……てか、なんかあったんすか？」

コーイチは目をパチクリさせて仙龍を見た。

「私のほうが訊きたいわ。どうしたの？　その格好」

春菜はそこで言葉を切って、「けっこう似合っているけど」と、付け足した。

「え。いやあ、そっすか？　そっすよね。うへへへへ……」

コーイチはグズグズに表情を崩すと、俯いて頭を掻いた。

「昼間っから呑んでるの？　わかった、誰かの結婚式」

「や、や、そうじゃないんすよ」

「今日はコーイチの『綱取り式』でね。先輩各位の盃を、全部受けさせられたのさ」

仙龍が解説してくれる。

「つぶされて二日ほど寝込むヤツもいるが、よく無事で帰ってきたな」

「や。だって、真っ先に、両親にお礼を言いたいっすから。なんたって、曳き屋になるのをむりやり納得してもらったんだし」

コーイチは目をシバシバさせて、ニカリと笑った。

とすると仙龍もその式に出席していたのに違いない。もしかして、自分と打ち合わせをするために一足早く会場を出てきてくれたのだろうか。

「こっちはいいから、早くご両親に報告してこい。車を待たせているんじゃないのか?」

「そうなんす。でも」

と、コーイチは足を踏ん張り、真っ直ぐ仙龍に向き合った。

「社長、このたびは誠にありがとうございました」

それからビシッとお辞儀をすると、

「んじゃ、春菜さん」

と、春菜にも頭を下げて出ていった。その足取りは浮かれて軽く、まるで宙を舞うようだ。

「綱取り式って? もしかして、大切な式の途中で戻ってくれたの?」

仙龍と二人になるのを待ってから、春菜は訊ねた。

「途中退席したわけじゃないから心配するな。法被前職人は三年の研鑽で因の入ったサラシを受けて、曳家の綱を持つのを許されるんだよ。今日はその祝いで、俺も御神酒(おみき)が入っている。許してくれ」

だから車で送ってもらったのね。

その点だけは納得したが、だからといって女の正体がわかったわけじゃない。こんなにもしつこく気に掛かるのは、彼女があまりに美人だったからだ。仙龍と並ぶ姿もお似合いで、一幅の絵のようだった。

「いつ行ける？　現場には」

祝いの話は終わったとばかりに、仙龍が訊く。窓の向こうが夕焼けに染まっているから、博物館の職員もすでに退館したはずだ。

「警察が事件性はないと判断したようだから、明日には工事が再開されると思う。工事期間中は裏門が業者に開放されているから、そこから現場に入れるわ。井之上部局長には話を通しておくし、先ずは現場を見てもらって、必要があれば博物館に直接仙龍を紹介するということでどうかしら？　あと、申し訳ないけれど、今回はどう頑張っても弊社で予算は組めないから」

「博物館は浄霊に協力してくれそうか？」

「それは正直わからない。今の館長さんは二代目で、開館当時の館長さんは三年前に亡くなっているし、当時のことをどれだけ知っているかもわからないから」

「だろうな。そうでなければ蔵に手をつけるはずがない。だが、少なくとも座敷牢は塞ごうとしていたんだから、障りがあることは伝わっていたはずだ」

「そういう意味でいえば、死人が出てしまったことで心が揺れている可能性はあるかもね」

「だが、不幸に付け入るように因縁話を持っていくのは感心しないな。さて。どうするか……」

人差し指と親指の間に顎を挟んで、仙龍は思案する。

「とりあえず、本当に封印が解かれているか、確認するってことでいい？」

「そうだな」

仙龍は資料室のほうへ目をやった。棟梁はあのまま部屋にこもっている。棟梁のいない隙に、春菜は疑問を口にした。

「ねえ、何が違うの？　今までの障りと、今回と。専務さんは気が乗らないみたいだったけど、何か心配だってこと？　因縁を祓うのが鐘鋳建設さんの仕事なんでしょ」

立ち入った質問のような気もしたが、仙龍は誠実に答えてくれた。

「因縁切りは形式的な儀式とは違う。それはもう、わかっているな？　障りを祓うためには対話がいるが、相手はすでに人じゃない。宿るべき肉体を持たない感情はもはや、執念、妄念、怨念、嫉妬、妬み、嫉み、悪意など、懊悩そのものになってしまって、生前のような人格ではないんだ。だから説得できないし、調伏することも難しい。力で押さえ込むのではなくて、満足させることが肝要だ」

「満足？　たとえば今回の場合はどうなるの」

「満足は満足だ。何を欲しているかによるさ」

笑って死んだ男の話を聞くと、厭な予感しかしてこない。

「何を欲しているか……どうやって知るの？」

そして、知ったらどうするの。

春菜は答えを考えた。職人たちはなぜ死んだ？　死霊は魂を欲したか、それとも別の何かを欲したのだろうか。真夜中の屋敷で彼らに何があったのか。

「死人はものを言わないからな。そこは調べるしかないだろう。今までのように」

今までのようにと仙龍が言うのは、春菜と関わった現場のことだ。そのときも、残された資料を繙いて、過去の因縁を詳らかにした。それから死者の望みを叶え、彼岸へ渡ってもらったのだ。

「死霊は男好きで、でも男を怨んでいるって言わなかった？　もしも死霊の望みが男を取り殺すことだった場合は、どうやって望みを叶えるの？」

「そこを心配しているんだろうな」

「え……え……？　何人か殺させる？　そんなわけないわよね」

「それができないから苦労する。棟梁は、関わった俺たちが餌食になると思っているんだ」

「そんなこと……」

仙龍は、じっと春菜を見下ろした。

「今日、その目で見てきたんだろう？　怨みの念が人を取り殺すことは珍しくない。死霊の正体が齢十七で死んだマサという娘だとすれば、離れで彼女に何があり、なぜ座敷牢で死んだのか、調べる必要があるってことだ。男を殺すのが望みなら、男を与えるしかないだろう。昇龍が座敷牢に置いた夥しい数のヒトガタはおそらく、そのためのものだ」

「殺される男の身代わりってこと？」

仙龍は頷いた。

「形代(かたしろ)といって、隠温羅流に伝わる呪のひとつだ。前回は藤沢家の手前、過去を詳しく調べることはせず、ただ死霊を封印したようだが、もしもそれが解かれたとすると、今回はそうはいかない。幸い百年に満たない障りだし、建物も健在だ。マサを知る人物が生きていてもおかしくないから、調べれば相応のことがわかるだろう」

「調べて、もし、殺すことだけが望みだったら？」

「なぜ殺したいかをつきとめる。愛なのか、憎しみなのか、起源を詳らかにして因縁の生まれた根元をつかむしかない」

「それでおとなしくなるかしら」

「わからない。昇龍は、だから閉じ込めたのかもしれない。昇龍は、俺の親父は、衣装とヒトガタを与えて女を惹きつけ、彼女が座敷牢で満足できるようにしたに過ぎない」

春菜はおぞましさに胃が痛んだ。座敷牢の中で死霊はヒトガタと同衾(どうきん)し、殺し続けていたというのか。どんな目に遭ったなら、人はそれほど残忍になれるのだろうか。

「明日の朝早く、博物館の駐車場で会おう」

夕暮れの赤い日が仙龍の顔を照らしている。きれいに櫛の入った頭髪、髭を剃り上げた仙龍は、いつにも増してセクシーだ。

春菜は棟梁がこもった資料室のほうへ視線を逸らし、

「なんか……ごめんなさい」

と、小さく言った。

「何が」

「せっかくお祝いの日だったのに知らなくて……とんでもない案件を持ってきちゃって」

「はっ」

仙龍は声を上げて、笑った。

「ガラにもなくしおらしいことを言うな。調子が狂う」

春菜がキッと顔を上げると、仙龍は微笑んでいた。

「知らせてくれて感謝している。棟梁はああ言うが、親父の仕事をフォローできるのは、俺の誇りだ」

じゃあ明日。と仙龍は言って、春菜を外まで見送った。

秋まだ浅い鐘鋳建設の駐車場は風にキンモクセイが香っていて、斜めに長い夕日が、積み上げられた鉄のレールを暖かい色に照らしている。

なんなのよ。なんなのよ。春菜は心で呟きながら自分の車のエンジンを掛けた。その先の事務所の入り口に、ドレスアップした仙龍と色っぽい和服女の影を見る。襟穴に掛けた細長い指、仙龍さんと呼ぶ声も。

「なんなのよ」

車を回して駐車場を出るときも、今回の一件と同じくらいに彼女のことが気になっていた。考えてみれば、自分は仙龍のことを何も知らない。四十二歳までしか寿命がないと聞いたから、勝手に独身と思っていたけど、昇龍は結婚して仙龍を儲けたわけだし、棟梁がお祖父さんの弟だったことを考えてみれば、守屋家の男たちは早婚で、子孫を早めに残してきたのかもしれないし。

ああ、もういやだ。こんなのは私らしくないと、春菜は思った。

「仕事、仕事、仕事をするのよ」

敢えて声に出して前方を睨み付け、春菜は会社へ車を飛ばした。

其の三

忍び門ノ怪

翌早朝。藤沢本家博物館の駐車場で、春菜は仙龍を待っていた。

昨日は作業ができなかったために、早朝から村上ガラスが蔵にトラックを横付けして、開け放った蔵戸から展示ケース用の強化ガラスを搬入している。聞くところによれば長坂が体調不良で緊急入院してしまい、下請けの工事会社から急遽代任を立てたのだという。担当は小谷という青年で、春菜は彼に掛け合って、内部を確認する許可を取った。

「あの奥に何があるのか、気になるっちゃ、気になりますね。どうするかは長坂先生が決めることになってたんですけど、まだ指示されてないんですよね」

小谷は人のよさそうな顔に笑みを浮かべてそう言った。

「あそこは塞ぐそうですが、それはいつ頃になりますか?」

訊くと小谷は図面を広げて、

「あんなことがあったしな……そうでなくとも、工事は予定より遅れているのに……」

と、独り言のように呟いた。

「石坂内装さんの葬式もあるでしょ? 業者さんたちもお焼香に行くと思うんですよね。そうなるとさらに半日程度作業が押して……うーん。展示ケースは今日中に設置するとしても、測り出して什器を作って……まだ十日くらいはかかるかもしれませんね」

十日。春菜は唇を嚙みしめた。工事終了後は検査が入るし、装飾ボード、キャプションに説明パネルの設営もある。そしてようやく展示物を配置できるとなると、春菜自身に残された時間もほぼないということだ。リニューアルオープンはすでに告知されているのだし、新装開館の日取りはずらせない。逆算するとプレッシャーで胃が痛くなる。

「ところで、長坂所長の容態はどうなんです？　どこが悪いか聞いてます？」

小谷は首を左右に振った。

「知らないんですよ。事故があったから逃げちゃったのかと思ったけど、本当に入院しているみたいで、熱が下がらないとか言ってたかな。まあ、ずるいっちゃ、ずるいですよね？　緊急入院しちゃったんじゃ、警察対応もですけど、補償とか、労災とかね、あと、お葬式の件だってうやむやにされちゃって……石坂内装さんがかわいそうですよ」

念のため入院先を聞いていると、仙龍がコーイチを連れてやってきた。当然ながらスーツではなく作業着で、駐車場にごった返している業者らと見分けがつかない。春菜は小谷に礼を言い、仙龍の許へ走った。

「おはようございます」

おはようと言いながら、仙龍は濠に囲まれた平屋造りの蔵を見た。

博物館を囲む蔵は防御壁の役目も担っていて、搬入口には堅牢な扉がついている。その多くは二階造りだが、鉤形に折れ曲がった件の蔵は平屋造りで、濠がある。濠には一ヵ所だけ橋が架けられ、今はそこからガラスを搬入している最中だ。開け切った扉の奥は蔵内部なのに、仙龍は蔵と反対方向へ歩き出した。

「どこへ行くの？　蔵はそこよ」春菜が言うと、

「ま。ま。春菜さん」と、コーイチが春菜を手招きする。

仙龍が大股（おおまた）で歩いていく先で、蔵は鉤形に曲がっている。そこに座敷牢があり、座敷牢の先は長い土塀だ。昨日まで業者が出入りしていた裏門はそのまだ先にあるのだが、わざわざ裏門まで行かずとも今日は蔵が開いているのに、どうして遠回りをするのだろう。

「春菜さん、春菜さん」

コーイチは普段よりいっそう足取りが軽いし、顔つきもだらしない。

「どっか変わったなーって、思いませんか？」

「え？　どこが？　蔵が？」

「ちゃいますよ。俺がっす」

「ええ？」

春菜は立ち止まってコーイチを見た。紺色のぼんたんパンツも白いTシャツも見慣れた感じで、髪の毛をモヒカンにしたのかもしれないけれど、タオルを被っているのでわからない。

「全然変わってないと思う」

言い捨てて先を急ごうとすると、

「ちょ、ちょっ」と、コーイチは春菜を呼び止め、いきなりズボンのベルトを緩めた。

「何よ」

春菜は焦って仙龍を見た。色欲旺盛な蔵の死霊がコーイチに憑いたのではないかと案じたが、まったくそういうことではなくて、コーイチはポロシャツの裾をちょいとめくって、胴に巻いた純白のサラシを春菜に示した。

「どうっすか？」

ニコニコしながら訊いてくる。

「どうって……言われても……」

コーイチはうっとりした目でサラシを撫でると、宝物を隠すかのようにシャツを戻した。

「カッコいいっしょ？　これ、隠温羅流の因が入ってるんすよ。俺、めでたく『綱取り』に昇格したもんで、今度から、曳家の綱を引っ張れるんっすよ」

「おめでとう」

と、あっさり答えてしまってから、心がこもっていなかったと反省して、春菜は、

「よかったわね、おめでとう！」

と、言い直した。『綱取り』がどれほどの価値を持つものか、春菜にはちっともわからなかったが、コーイチの嬉しそうな様子からすると、それは大したことらしい。

「あざーっす！」

コーイチはぴょこりと頭を下げてから、

「んじゃ、社長が待ってるんで」

と、春菜の先に立って走り出した。

駐車場を土塀に沿ってどん詰まりまで行き、九十度曲がると、間口一間ほどの細長い小路に行き当たる。業者が出入りする裏門はこの小路にあって、表門のある大通りへ抜けている。糀坂町は土地に勾配があり、藤沢本家は広大な敷地を嵩上げして水平にしているのだが、このために築かれた『ぼた餅石の石垣』が文化財登録されている。『ぼた餅石』とは、ぼた餅のような丸い石のことで、この形状の石は積み上げるのが困難で、熟練の職人であっても日に数個積むのがやっとだといわれているのだ。そんな石垣が、ここには百メートル近くも続いている。

蔵小路は件の蔵の反対側、通りではなく隣家の敷地に面している。そのため、藤沢家では土蔵の外側に小路を設けて土塀を築き、万が一に備えて隣家からの侵入も防いだのである。こうした意匠を見るにつけ、春菜は、信濃随一と謳われた藤沢家の知恵と財力に感じ入る。

「この小路の話は聞いたことがあるか？　裏門のほかにも、開かずの門と呼ばれる門があるそうだが」

春菜たちが追いつくのを待って、仙龍が訊く。

「殿様がお忍びで通った門のこと？」

蔵小路を先へ行くと、大通りに近い場所に『お殿様の忍び門』と呼ばれる門がある。往時、藩をしのぐ財力の藤沢家へは、屢々藩主自らお忍びで訪れたといい、そのとき使った御用門が残されているのだ。下々の者がこの門をくぐることは許されず、開かずの門とされている。

「殿様のほうから出向いてきたっていうんすか？　すごいんっすねえ」

コーイチが感心して言った。

「その門に幽霊が出たという話なんだが」

わずか一間ほどの細い小路を遠望しながら仙龍が言う。

「え？」と、春菜は首を傾げた。

「知らないわ。そんな話、聞いたこともない」

仙龍は小路に足を踏み入れた。蔵小路は藤沢本家の私有地だが、隅々まで手入れが行き届いているのは館内と同じで、ぼた餅石を積んだ土台も、隣家と敷地を分ける土塀のそれも、静謐さと格式の高さを物語っていて、小路を歩くだけで時代を超えた錯覚に陥る。

「職人が通常使っている裏門が、ここだな」

仙龍は裏門の前で足を止めた。蔵の一部を刳り抜いた形の裏門は、業者のために開け放たれて、だだっ広いだけの裏庭と、用水として利用されていた池と、黒い離れの裏側が見える。仙龍はじっと内部に視線を注いで、また歩き始めた。

「ここが博物館になったとき、収蔵品のリストは作ったか?」

仙龍が訊いた。

「もちろんよ」

「そのリストを見せてほしいんだが」

「いいけど、見てどうするの?」

「そうだな……」

足を止め、土塀と蔵に切り取られて細長くなった空を仰ぐ。

「開かずの門に出る幽霊の話は、棟梁が昨夜見つけたんだが、やはり小林教授の書籍にあった。細かいことが書かれていなかったので、教授本人に問い合わせたら、原本はまだここにあると言う。改修前の藤沢家には、使用人の衣装から道具類まで、すべて残されていたんだろう?」

「ええ。今も保存していると思うわ。ここには蔵が二十もあるんだけど、展示室になっているのは、そのうちたった六棟なの。残りのうち数棟が展示物の収蔵用で、収蔵品だけで二万点以上に及ぶのよ。あとの蔵は今も藤沢家が使用していて、そっちの内容はわからない。企画展なんかで特別な衣装や調度品を展示する場合は、博物館が藤沢家から借用する形をとって、家の人が持ち出してくれるから、私たちが直接藤沢家所有の蔵へ入ることはないのよね」

「使用人の品はどうだ？」

「そういうのは歴史的価値しかないから展示用ね」

「それは分別されているのか」

「すべて分別してあるわ。衣装、漆器、陶磁器や美術品、玩具、日用品、それから……」

「幽霊話の原本は、小林教授が改修前の建物を調査したとき、使用人部屋で見つけた手帳にあった落書きらしい。屋根裏部屋に置かれた文机に入っていたのを興味深く読んで、また戻したが、家人に許可を得て借りようとしたときには、工事が進んで文机がどこかへ行ってしまっていたと。廃品として捨てられたのではと、網を張ったらしいんだが、この家からはほとんど廃品が出ず、文机も手帳も見つからない。いまだに夢に見るほど悔やんでいるそうだ」

「あいやー、小林先生らしいっすねえ。覗き見根性凄まじいっつーか、いじましいっつーか」

「文机ねえ……」

春菜は考えた。展示収蔵用の蔵には様々な物が置かれているが、使用人が使っていたような粗末な机があっただろうか。

「井之上部局長に話して、リストを確認してもらうことにする。展示公開用の品は逐一写真に撮って、サイズなんかを書き加えているの。データは膨大だけど、検索ソフトにまとめてあるから、すぐに調べられるはず。それで？　門に出る幽霊が、若い女の死霊だったと思うのね？」

「そうじゃない」

仙龍はハッキリ言った。

「忍び門に出るというのは、赤い着物の男の霊だ」

「赤い着物の男の霊？」

春菜は眉間に縦皺を刻んだ。

「どうして話を複雑にするのよ」

「俺がしているわけじゃない」

「ま。ま」

コーイチが割って入る。そうこうするうち三人は忍び門の前へ来た。『お殿様の忍び門』と名付けられたその門は、勝手口代わりの裏門とは違って、瓦を葺いた屋根があり、凝った意匠の飾座付き金具が使われている。主屋に近い出入り口なので、お供を連れた殿様が屋敷の主人と碁を打つためにお忍びで来るには最適だ。

　早朝のせいか、それともこちらに出る幽霊はすでに往生しているのか、不穏な気配は微塵もない。狭い蔵小路にもわずかながら日が射して、キンモクセイの香りがしている。

「いったいどういう話なの？　赤い着物の男って」

　訊くと、堅牢な門構えを見上げて仙龍が言う。

「落書きには、門に立つ男の霊と、驚いて盥をひっくり返す下女の絵が描かれていたそうだ。製本された手帳やノートが出回ったのは明治後期以降だから、そう古い書き付けではないってことになる。文字もあって、男を『狐憑き』と書き記し、男がまとう着物に『赤』、幽霊の後ろには、数人の子供も描かれていたと」

「え……いったいどういうシチュエーションなの？」

「小林教授はライフワークのひとつとして『狐憑き』も調べている。だから興味を引かれたそうだが、この門が開かずの門になったのは、殿様がくぐったからではなくて、男の亡霊を恐れたゆえではないかというのが、小林教授の見解だ」

「本当にこっちの門なの？　裏門じゃなく」

「絵には飾座付き金具と瓦屋根があったそうだから、間違いない」

「歴史ある名家ってのは、いろいろあるもんなんですねえ……」

　コーイチが、しみじみと言う。

「よし。だいたいの配置はわかったから、座敷牢を見に行くか」

そう言うと、仙龍は蔵小路を戻りはじめた。今日は業者が蔵戸から出入りしているので、裏門付近は閑散としている。春菜たちは裏庭へ入ると、用水池の畔に立った。

藤沢本家で最も大きな庭は主屋の前にあり、巨大で複雑な形状の池を巡る回遊式庭園になっている。池に流れ込む水は用水池から引いていて、用水池からは回遊式庭園の裏側が見える。工事現場を見学者の視界から隠すため、用水池と庭園の間には竹垣塀が設置されているのだが、竹垣塀よりもはるかに高い脚立に上って、老齢の庭師が庭園の松の手入れをする様子が見えた。

仙龍はしばし足を止めて庭師を見上げ、それから真っ直ぐ離れに向かった。

数寄屋造りの立派な離れは黒く塗られた雨戸を閉ざして裏庭の中央に佇んでいる。晴れた日には雨戸を開けて風を通すようだが、今日はまだ博物館の職員が来ていない。離れの床下を覗き見ていた仙龍は、ひょいと体を屈めると、あっという間に床下に消えた。

「え。ちょっと……」

見咎められたのではと、春菜は庭師の様子を窺ったが、老いた庭師は素知らぬ顔で、剪定した松の枝を振っている。目を戻すと、コーイチもいなくなっていた。

「二人とも、ネズミみたいなんだから」

ため息をついて、春菜は満丸左官が修復した土塀を見に行った。

土塀は扉のない農機具置き場の壁を兼ねていて、古い機具や馬具や甕、木箱や鋤や鍬などの収納場所にもなっている。ここでは足踏み式の稲こきでさえ地方の民俗資料館に展示されている品物より保存状態がよく、この一族は、どれほど物持ちがいいのだろうと感心してしまう。小林教授が嘆息したとおり、敷地内に潤沢な保存スペースがあるので、文机のような不要品を敢えて廃棄する必要もないのだろう。

「待って……？　と、いうことは、つまり」

春菜は突然閃いた。ガラクタ類は収蔵用の蔵ではなく、この農機具置き場にあるかもしれない。仙龍とコーイチのことなど放っておいて、春菜は文机を探すことにした。

だが、農機具置き場とひと口に言っても、藤沢家のそれは規模が違った。整理整頓が行き届いてはいるものの、間口はおおよそ九十メートル、奥行き一・八メートルほどの広さがある。春菜は一旦置き場の端まで歩いていくと、そこから順繰りに、床、壁、天井、梁の上まで調べはじめた。思ったとおり、不要の大型器具はここに置かれているようで、複数の石臼、木臼、杵、延べ棒、鉄の釜、水甕、果ては馬ぞりまで様々な品がある。藁縄や筵が積み上げてある場所もあり、なんの気なしに筵を持ち上げて、春菜は「あ」と、小さく叫んだ。

筵の下に机を見つけたからだった。四つ足の小さな文机で、造りはいたって粗末だが、引き出しがひとつ付いている。ガタゴト言わせながら文机を引っ張り出すと、白く蜘蛛の巣（す）が張った奥に乾涸（ひか）らびたヤモリの卵があって、思わず悲鳴を上げそうになった。
気持ち悪さに飛び跳ねながら地団駄（じだんだ）を踏んで、春菜は、ようやく気持ちを抑えて再び机に向き合った。蜘蛛の巣を払うのに棒きれでもないかと探したが、整理整頓の行き届いた場所ゆえゴミひとつ落ちていない。春菜は仕方なく胸ポケットのペンを出し、それにティッシュをグルグル巻くと、棒代わりにして蜘蛛の巣を巻き取った。さて。と引き出すも、建て付けが悪くて引き出しは数センチしか開かず、腰を屈めて中を覗くと、薄い手帳が一冊見えた。春菜は踊り出したいほど興奮した。泥棒のように左右を窺い、手を突っ込んで手帳を探る。奥に蛇やトカゲがいるのではないかと、ドキドキしながら手帳を指先でつまもうと苦戦していると、

「待たせたな」

と声を掛けられて飛び上がった。振り向くと、仙龍とコーイチが立っていた。

「脅かさないでよ。大声を上げるとこだったじゃない」

春菜は本気で仙龍を叱った。

「見つけたのよ。文机。引き出しに手帳が入っているけど、これ以上開かないの」

「どれどれ」

コーイチがすっと寄ってきて、斜めになった引き出しの角をゲンコツで叩く。すると、魔法のように引き出しは開いた。

「材が痩せたからガタついて引っかかったんす。てか、さすがは春菜さん、お手柄でしたね」

と、笑っている。春菜は尊敬の眼差しでコーイチを見た。

小林教授が言ったとおり、引き出しには薄い一冊の手帳があった。湿気を吸って紙が歪んでしまっているが、中は充分確認できる。仙龍は手帳を出して埃を払った。

「『ミキ』と名前が書いてあるな。文字の雰囲気からいって、持ち主は子供か」

歪んで固くなった紙は開くとバリバリ音を立て、陽向の土の匂いがした。中は絵日記のようであり、小石をつまんで書いたような拙い線と、片仮名で綴られている。セツサン。オヂヤウ。ゴリヨンサン。オレ。アネサン。と、数名の登場人物がいるようだ。

「あ、これっすね」

ページのひとつをコーイチが開く。そこには話に聞く幽霊の絵が描かれていた。驚いて盥をひっくり返しているのは『セツサン』で、『キツネツキ』という字は小さくメモしてある程度だ。期待したほど文章は長くなく、片仮名だけで書かれた文を仙龍が読みあげる。

「おっかねえ話。セツさんが、狐のおじちゃんは山で死んで、幽霊になったと教えてくれた。大旦那さん、ゴリヨンサン、おおごくろしてなさる。オヂヤウも狐と言うけんど、あれは狐じゃなくてアネサ……妙なところで切れているな。慌てて書くのをやめたみたいだ」

「ゴリヨンサンは、御寮さんのことすかね」

コーイチが訊くと、

「そうだろうな」

と、仙龍が答えた。御寮さんは、貴人もしくは貴人の子女を敬って呼ぶ言い方である。藤沢本家のような商家では、大旦那の妻や娘を、奉公人が『御寮さん』『ごりょんさん』などと呼んでいたと思われる。

「オヂヤウはお嬢様の意味かしら。お嬢様も狐って……？」

春菜は顔を上げて蔵を見た。

「このお嬢様がマサという娘ならどう？　もしかして彼女にも狐が憑いて、座敷牢に閉じ込められたとは考えられないかしら」

「ふむ」

と、仙龍もまた蔵のほうへ目をやった。秋晴れの清々しい日で、改修中の蔵から職人たちの声が響いてくる。今のところ不穏な空気は微塵もないが、隠温羅流は怪異の現場で怪異にかかわる話をしない。春菜もそれを知っているから、引き出しを閉め直して筵を元の位置に戻すと、それ以上の会話を打ち切った。

「手帳はどうする？」

「勝手に持ち出すわけにはいかないわ。ゴミだとしても、ここの所有物だから」

「そうだな」

そう言うと、仙龍はコーイチに向かって文机を指した。

「悪いが手帳を写真に撮ってくれ。俺は座敷牢を見に行ってくる」

「了解っす」

農機具置き場にコーイチを残して、春菜と仙龍は蔵へ向かった。

幸い長坂は入院中で、代任の小谷には蔵を調べる許可を取っている。蔵の内部では展示ケースにガラスを入れる作業が続いているから、春菜たちは村上ガラスに挨拶をして、立ち入り禁止の廊下に立った。昨日は大口のお守りが破れて、恐怖で居たたまれずに逃げ出してしまったが、今日は大勢の職人がガヤガヤと作業しているので気持ちが楽だ。それでも廊下は異様に暗く、そこだけ次元が違う感じがする。

「やっぱりここ、寒いわね……」

それが不穏な現場の証拠でもあるかのように、春菜は同意を求めたが、仙龍は無言だ。靴を脱ぎ、立ち入り禁止の柵をよけて、廊下の奥へ踏み入っていく。裸足になって春菜も続くと、ぎしり。と、古い床板の鳴る音が、耳のそばで響いてくる。ぎしり。そして、ピシッと、どこかが鳴った。奥から闇が迫ってくるようで、春菜は仙龍との間を詰めた。足裏に感じる冷たさは凍った地面を踏むようで、土壁や天井から古い臭いが降ってくる。奥へ行くほど闇が濃く、どん詰まりは真っ暗といっていいほどだ。

春菜はスマホを取りだした。

「明かり、点けてもいい？」

訊くと仙龍は小さく笑った。

「しおらしいな。今までは勝手に点けていたろう」

「はあ？　そっちは相変わらずで、いつもひと言多いのよ」

ムッとして言い返すと、仙龍は苦笑しながら、

「明かりを頼む」

と、素直に言った。春菜はスマホのライトを点けた。

すると仙龍もポケットからペンライトを取り出して、等間隔に並ぶ間柱を照らしはじめた。春菜はいっそうふくれっ面になった。

「ライトを持っているのなら、最初から点ければいいじゃない」

「そっちの明かりは障り除けだ。何か起きたら自分を照らせ。少しは効果があるかもしれない」

「何かって……何よ」

「それは俺にはわからない。だが、ここが尋常な場所でないことだけは確かだ」

ペンライトの丸い明かりが天井を照らしている。蔵部分は吹き抜けになっているのだ

が、本体から鉤形に突き出たこの一角だけは、板を張って天井が造られているのだ。窓も明かり取りもない廊下だが、壁には白く漆喰が塗られ、床には畳敷きの形跡が残されている。倉庫である蔵とは明らかに一線を画した造りだ。仙龍の明かりはやがて廊下の奥まで届き、どん詰まりの下がり壁と、その下に置かれた水屋簞笥を映し出した。

「行き止まりになってるわ」

と春菜。仙龍は先へ行く。一歩踏み出すほどに空気が濃くなり、重く体にのしかかって、毛穴に建物の臭いが侵入してくるようだ。これはなんの臭いだったろうと、春菜は記憶を探ってみたが、おばあちゃんの家の簞笥と埃と樟脳と……ああそうだ、桐の箱を開けて和紙にくるんだお雛様を出すときの臭いに似ていると思った。

仙龍は数歩先にいて、水屋簞笥を調べている。巨大な簞笥は廊下の真ん中に鎮座しているが、壁との間に左右均等の隙間があった。春菜が恐る恐る近づいていくと、

「見ろ」

と、仙龍は短く言った。ペンライトが隙間の奥を照らしている。

それ以上、何を言われなくとも春菜にはわかった。

水屋簞笥の裏は木戸だが、戸と柱をつなぐように隠温羅流のお札が貼られているのだ。上に一枚。下に一枚。龍の爪を象った三本指のマークが見える。二枚のお札は無残に裂かれて、木戸に隙間が空いていた。

「パグ男の仕業ね……」

　春菜は唸った。なんということをしてくれたのだと、激しい怒りがこみ上げてくる。文化財に土足で踏み入って、先人の生き様に泥を塗るような行為じゃないか。あいつの魂胆はわかっている。どうせ塞いでしまうのだから、いい物が残っていたら持ち出そうと考えたのだ。さしずめこの水屋箪笥。そして座敷牢を塞ぐ木戸さえも。さらに奥まで物色しようと欲の皮が突っ張って、お札を剝ぎやがったのだ。

「コーイチ、俺だ。そっちが済んだら蔵に来てくれないか。手を借りたい」

　仙龍は電話でコーイチを呼んだ。

「どうするの？」

「箪笥を動かして中を見る」

「え……だって、中にはアレがいるんでしょ」

「因が破られて、今さら戸に効力はない。それに、ここが元凶だというなら見ておかないと。親父とは違って、俺には基礎知識がないんだから」

「大丈夫なの？」

「入らずに、見て確認するだけだ」

　それから仙龍は、

「怖いなら外に出ていていいぞ」と、付け足した。

こういうとき、春菜は自分の性格を心底疎ましく思うのだ。

はいそうですか、それならあとはお願いします、と逃げ出す素直さがあればよかった。

それなのに、春菜は臍のあたりに力を込めて、スマホのライトを自分に向けた。

「で、出ていくわけ、ないじゃない。サニワが現場を確認しなくてどうするの。仙龍には荷の重い仕事だって、専務さんも言っていたでしょ？　聞いたわよ」

バカばか莫迦。バカをどんな字で当てようと、自分が莫迦であることに変わりはない。床の冷たさも、空気の重さも、破れたお札も見えない振りで、春菜は仙龍に胸を張る。

「そうか。感謝する」

思いがけず仙龍が優しく笑うのを見ると、春菜は莫迦でもいいと思った。

「どもっ、綱取り職人崇道浩一、ただいま参上いたしました」

不穏な気配など吹き飛ばす明るさで、ほどなくコーイチが廊下の向こうからすっ飛んできた。水屋簞笥の前まで来ると、今さらのように天井を見上げて、

「てか、半端ない気味悪さっすね、この廊下。めっちゃ寒いし、なんつか臭いし、あー」

と、両腕をさする。この男のこういうところに、春菜はいつも救われるのだ。

「この簞笥で障りの元を塞いでタンスね。や、ダジャレじゃないっすけども」

暗がりでも目が利くらしく、コーイチは水屋簞笥を見回すと、

「無垢材使ってるみたいっすもんね。こりゃあ、メタクソ重いっすよ」

と、腕まくりした。それから春菜を振り向いて、ニカリと笑った。

「でも、サラシ巻いてるから大丈夫なんすよ？　キュッと巻くと腹に力が入るんす。曳家で綱を引くときも、腰をやられないように、職人はサラシを巻くんすよ」

「はいはい。よかったわね、おめでとう」

春菜には弟がいないのだけれど、年下のコーイチが、なんとなく弟のように思えた瞬間だった。

「座敷牢はこの奥だ。思ったとおり、木戸の封印が破られている。ならばいっそ、中を確認しておきたい」

仙龍が言うと、コーイチはぐっと締まった顔つきをした。

「わかりました。んじゃ、床板を傷つけないように少しだけ手前に引けばいいっすか？」

「そうだな」

二人は申し合わせたようにタオルを外すと、それを広げて春菜に渡した。

「簞笥を持ち上げるから、隙間にタオルを挟んでくれ」

仙龍はペンライトを消してポケットに入れ、コーイチは右に、仙龍は左に、それぞれ隙間に取り付いた。春菜もスマホを床に置き、水屋簞笥の底に光が当たるよう調整した。

「いいわよ」

タオルを入れるため床に這いつくばったとき、春菜は一滴の染みを見つけた。

「ちょっと待って。ここに血の跡があるわ」

スマホで照らすと、仙龍が屈んで、

「まだ新しいな」

と、呟いた。春菜のスマホで周囲を照らして、血痕が一滴だけだと確認する。

「封印を破ろうとして、けがしたのかもしれないな。とにかく箪笥を動かすぞ」

仙龍は再び箪笥に取り付いて、コーイチと一緒に持ち上げた。長手方向に二つ折りしたタオルを、春菜が素早く隙間に押し込む。仙龍とコーイチは箪笥を下ろすと、タオルを緩衝材代わりにして片側に引き寄せた。古くて高価な床材を傷つけないよう配慮したのだ。

左右等間隔だった隙間を片側に寄せ、今度は手前に引き出すと、壁と箪笥の間にようやく人が通れる程度の空間ができた。

「ここを見ろ。金具が一部めくれている。そいつは隙間に手を入れて、箪笥を引き出そうとしたようだ」

仙龍の言うとおり、めくれて鋭角になった金具にも、わずかに血がついていた。

「こんなに重い箪笥を独りで動かせるわけないのに。悪いことをするからバチが当たったんだわ」

「誰の血か、春菜さんはわかっているんすか?」

コーイチが呑気に訊いてくる。

「長坂パグ男に決まってるじゃない。欲と二人連れでなかったら、普通は入ってこられないわよ。こんな気味の悪いところ」

「へえー。てか、あの設計士の先生も、考えようによっちゃサニワっすよねえ。よりにもよって、こんな現場ばっかりに縁があるって」

コーイチはヘラヘラ笑うが、春菜はそれどころではない。思ったとおり、簞笥の裏は引き違い戸になっていて、お札は故意に破かれていた。パグ男の仕業と思えばこそ、春菜の怒りは恐怖を超える。目にものを見せてやりたくなるのだ。

木戸には指二本ほどの隙間が空いて、黒々とした闇がその奥に見えた。

仙龍が体を傾けて隙間に入り、春菜とコーイチは背後に立って、仙龍の肩越しに様子を窺う。再びペンライトを取り出すと、仙龍は指二本分の隙間をつぶさに調べはじめた。

引き戸の奥には格子戸らしきものがはまっていて、ライトの明かりに桟が浮かんだ。幅二十センチほどで、一寸四方の堅牢な木材を組み合わせている。これではたとえ屈強な男でも、容易に外へは出られない。

「間違いなく座敷牢だな。今も施錠されているらしい」

仙龍は隙間を睨んでそう言った。牢の施錠を外すには、簞笥をどかすほかはない。仙龍が中へ入れないと知ると、春菜は少しだけホッとした。

隠温羅流の因が入ったお札は、明らかに破かれた形跡がある。かつて父親が貼ったお札にライトを当てると、仙龍はそこを優しく撫でた。隠温羅流導師は命を張って因を鎮める。今では春菜もそれを知っているから、仙龍の悔しさが身に染みた。

「木戸を開けるぞ」

決意したようにお札から指を離すと、仙龍は木戸に手を掛けた。

ガタガタと二度ほど建て付けを確認してから一気に引くと、悲鳴のように材を鳴らして三十センチほど隙間が開く。

「うっ」

仙龍は呻き声を上げて顔を背けた。すぐ後ろにいた春菜もまた、コーイチのほうへ顔を背ける。最後尾にいるコーイチだけが、両手で自分の鼻と口を塞いだ。襲ってきたのは凄まじい異臭だ。動物園で肉食動物の檻の近くを通ったときに、似たような臭いを嗅いだことがある。それが経年劣化して、干物臭まで加わった感じだ。

「うえっ、えっ、げほっ」

目に涙を滲ませてコーイチは咽せたが、驚くことに、その一瞬で臭いは消えた。まるで臭気の塊が、顔面を打って飛び去っていったようだった。

「何？　今の」

春菜は仙龍に訊ねたが、仙龍は答えなかった。背中の筋肉を緊張させて、開いた木戸の奥を見ている。春菜も覗こうと背伸びしたとき、仙龍は自分の体を斜めに傾け、片腕で春菜を抱き寄せた。

「見えるか?」

逞しい胸板の奥には暗がりがあって、目を凝らすと内部の様子が窺える。

春菜は息を吞んだ。密着した二人の脇に隙間ができて、そこにコーイチも寄ってくる。三人は団子のように固まって木戸の奥を覗いていたが、視力のいいコーイチもまた、息を吞むばかりで言葉を発することができなかった。

座敷牢の内部は十二畳ほど。天井すれすれに通風口があるが、ほかに光が入る窓はなく、三方は漆喰の壁だった。床には畳が敷かれているが、ふやけて波打っているばかりでなく、見えているところすべてに爪で搔き毟った形跡が生々しく残されていた。仙龍のペンライトが丸く内部をなぞっていくと、畳を囲む板の間に陶器製のおまるや、水甕、柄杓が置かれ、布を丸めたヒトガタが、土壁に箸で磔にされていた。一体ではない。何体もある。漆喰塗りの白壁はそのためボロボロに穴が空き、まるで蜂の巣のようだ。丸く穿った無数の跡が箸で空けられたものだとすれば、その執念にゾッとする。

床に散らばる布はおそらく、昇龍が用意した衣装だろう。どれもくしゃくしゃに丸められ、あるいは裂かれ、どす黒い染みを浮かべて散らばっている。染みは血のようにも見えるが、何が付着したのかわからない。

衣桁にかかった赤い腰巻き、絢爛豪華な帯や簪。夜具は激しく引き裂かれ、綿が周囲に散っている。食器、書籍、団扇に火鉢、枕、足袋。無残に首をもがれた人形や紙、筆、熨斗と生けられたであろう何かの枝や行灯など。閉じ込められていた者の荒ぶる気配が、そこにはありありと息づいていた。見るだけで、春菜は気持ちが悪くなってきた。その者の呪詛と怨念は座敷牢に染みついて、今も力を放っているのだ。

無言で内部を凝視していた仙龍は、しばらくすると春菜を放して引き戸を閉めた。誰も口を開かなかったが、何度閉めても指二本分の隙間が空いた。水屋簞笥を元の位置に納めると、敷いていたタオルを回収し、三人は座敷牢を後にした。

出るときは蔵の出入り口を通った。堀割を渡れば駐車場で、ようやく車のそばまで戻ってから、春菜は仙龍にこう言った。

「白粉の匂いがしたわ。座敷牢の中から、急に」

「俺も感じた」

「俺もっすよ。なんか、ケモノの臭いと白粉の匂いと、その両方がしてました」

コーイチは、しきりにお腹のサラシをさすっている。

「てか、あれマジヤバくないっすか。今さらだけど、俺、怖くて泣きそうだったっすもん」

「渦を巻くような、激しい気配を感じたわ」

いつの間にか博物館が開館したようで、駐車場に、観光客を乗せた大型バスが入ってきた。今では人気の高い観光スポットではあるが、美しく整備された展示ブースのすぐ脇に、生々しい座敷牢があることは誰も知らない。

「どうするつもり？　これから」

春菜が訊くと、コーイチが、

「やっぱ、小林先生じゃないっすか」と言う。

「古い手帳も見つかったんだし、中身を写真に撮ってきたんで、これ持って信濃歴史民俗資料館へ行って、先生に相談するのがいいんじゃないかと」

「だがその前に」

仙龍は埃だらけになってしまったタオルを畳み、

「ここの入館料はいくらなんだ？」と、春菜に訊いた。

「大人が八百円、子供三百円だけど」

「ふむ」

尻ポケットをまさぐって現金を出すと、仙龍はその中から三千円をコーイチに渡した。

「博物館前の通りを左へ行くと神社がある。そこの自販機で職人たちに水を買ってきてくれ。俺は博物館へ入って、庭師の爺さんと話してくる」

「はい。水は当座の厄除けっすよね？」

「そういうことだ。また事故が起きたんじゃ、かなわないからな」

「んじゃ、俺も職人さんたちと水飲んで待ってます」

そう言うと、コーイチは三千円を握りしめて走っていった。

「入るぞ」

と、仙龍は春菜に言う。工事現場は博物館の見学コースから分離されているので、庭園にいる庭師に会うには正規のルートを行くしかないのだ。

「それはいいけど、水を買ったら厄除けになるの？」

仙龍の後を追いながら訊いてみた。春菜には時々、彼らの思惑がわからない。

「火、水、酒、塩……厄除けに使う品は様々あるが、今は水が手っ取り早いということだ。職人は十時と正午、そして三時に休憩を取るからな、そのときに神社の水を飲んでもらう」

「それで障りが祓えるの？」

「何もしないよりマシだろう」

博物館の入り口には、大型バスでやって来た団体客が並んでいた。受付で人数を数えているのが春菜と顔見知りの職員だったので、事情を話して、無料で入れてもらう。

「職員になんて言ったんだ？」

「リニューアルプランのためにお客様の動線を確認したいと話したの。そうしたら、是非お願いしますって」

「仕事に一定の評価はもらっているということか」

前庭へ進みながら仙龍が言うので、ムッとして春菜はその前に出た。

「あのね。こう見えても業界ではそこそこやり手なのよ。見くびらないでもらいたいわ」

庭師のいる回遊式庭園へ向かうには、展示蔵を大回りしていくか、ミュージアムショップを抜けるしかないが、仙龍は敷地内の事情を知らないので、自ずと春菜が先を行く。

青々と高く空は澄み、館内の樹木は落ち着いた秋色に熟して見える。十月も半ばを過ぎれば紅葉の見頃となって、館内の樹木はとりどりの錦に染まるだろう。ショートカットしてミュージアムショップから庭園に抜けると、立てた脚立はそのままに、庭師の姿が消えていた。池の畔を捜しながら歩いてゆくと、最奥の丸く刈り込んだツツジの葉陰に、庭師が腰を下ろしている。仙龍は春菜の前に出て、老いた庭師に声を掛けた。

「お疲れ様」

見学者の視野を妨げないよう庭師の脇にしゃがみ込むので、春菜も庭石の陰に身を隠す。地面に胡坐をかいていた庭師は、しょぼついた目を上げて仙龍と春菜を確認した。

「さっき裏庭にいたお人だね。探し物は見つかったかい？」

やはりこちらを見ていたのだ。古い手帳を引き出しに戻してよかったと春菜は思った。

「はい。おかげさまで」

「そりゃよかった」

そう言うと、庭師は小さな水筒を出して中身を飲んだ。なんとなく、仙龍がここへ来ることを予測していたようにも思う。

「親方は、ここの手入れをして長いのかい？」仙龍が訊くと、

「かれこれ七十年ってところかね」と、庭師は答えた。

「あんたは曳き屋さんだったねえ？　離れを奥へ曳き込んだ……それにしちゃ、ちょっと若いか」

「俺はその曳き屋の息子だよ。ちょっと教えてほしいんだが」

痩せた背中を猫背に丸め、庭師は宙を仰いだ。日に焼けて皺の寄った肌は色つやがよく、七十年も庭師を続けているようには見えない。

彼は大きく息を吸い、仙龍から目を逸らすようにして沙羅の大木を見上げた。清楚な葉は所々が橙色に色づいて、紅葉の準備をはじめている。華奢にも見える樹形だが、その幹は太く堅牢で、かなり古い樹のようだ。

「忍び門の幽霊の話かい？」

はっきりとそう訊くので、春菜と仙龍は顔を見合わせた。

「脚立の上にいたら、厭でも声が聞こえるんだよ。特に蔵小路のあたりだと、反響して音が上に出るんだ。赤い着物の男の話を、していなさったねえ。懐かしい」

「ご存じなんですか？　幽霊の噂を」

思わず前のめりになって、春菜は庭師に詰め寄った。

老いた庭師は首を巡らせ、改めて春菜と仙龍を見た。

「言っとくが、ここでその話をするのは御法度だと、儂は親方から教わった。だからここの人間には、話さんほうがいいと思うよ？　まあ、儂が今日このお庭にいて、あんたさんらの話す声を聞いたのも何かの縁と思って言いますが、それにしても古い話で、そうだね、昭和の初め頃、戦争が起きる前の話だよ」

「どんな話か教えてください。男は何者で、どうして忍び門に来て、なぜ幽霊になったのか」

まくし立てるように春菜が訊くと、庭師は両の眉尻を下げて、

「まあ、そう焦りなさんな」

と、春菜を笑った。

「赤い着物の男はもう出ない。昔、このお屋敷の大旦那が病みついたとき、医者を呼ぶのにうっかりあの門を誰かが開けて、それで男が家に入って、大旦那を連れていったって。それ以来、化けて出ないって話だよ」

「男は大旦那に憑いていたのか」

「そういうことになりますやら。だねえ」

庭師は呑気にそう言った。

「儂の親方は、男のことが新聞に載ったのを読んだって。いや、記事になったのは幽霊の話じゃなくて、死亡記事を新聞でね。それがこのお屋敷の忍び門に化けて出るから、何があってもあすこだけは開けちゃいけねえ。あと、うっかりそのことを家人に訊ねてもいけねえと。なんとなれば、それはここの禁忌だからで、よく心得ておけと教わりましたよ」

「新聞記事に載ったって、どうしてですか？　まさか、その人は殺された？」

「や、変死だね。山で野犬に食い殺されていたそうで、そのとき着てたのが、女物の赤い肌襦袢(はだじゅばん)だって」

「女物の肌襦袢」

座敷牢を見てきたばかりだったから、春菜はその生々しさが気味悪かった。

「どうして女物の肌襦袢なんか……」

「まあそりゃね、イっちまってたからじゃないですかい」

それが女狂いの比喩(ひゆ)なのか、それともそのままを指しているのか、春菜にはよくわからなかった。わからなかったが、仙龍の前で問いただす気にもなれなかった。

座敷牢に濃厚に漂っていた獣のような女の匂い。自分も同じ女であると、気取られるのが厭だったのだ。

「でも、化けて出たんでしょ？　お屋敷か、大旦那さんに、何か怨みがあったんですか？」

「さあねえ、それは……」

庭師は大仰に首を傾げて、

「まあ、家人の禁忌と言うからには、何がしかの因縁はあったんでしょうよ。でもね、いずれにしても、男は訳ありだったんで」

と、また水筒の中身を飲んだ。

回遊式庭園の池の畔を、見学者たちがさざめいて通る。幾つかの石橋や流れる水、そこを泳ぐ見事な鯉や野生の鴨など、庭の見所は様々あるが、春菜たちが潜んでいるのは最も奥で、築山や灌木に遮られて見学者たちの目に触れない。人々は庭の見事さに歓声を上げながら、春菜たちの脇を通り過ぎていく。

「訳ありって？　ヤクザだったとかですか？」

春菜はさらに声を潜めた。

「や、そういうこっちゃないんです」

庭師はあたりを窺うと、亀のように首を伸ばして、春菜と仙龍に囁いた。

「狐が憑いていたんだそうで」

拙い筆致で書かれた『キツネツキ』の文字を思い出す。

「儂じゃなくって、親方が生きていりゃ、もっと詳しく聞けたんでしょうが、とっくにお釈迦さんですからね。ただ、こんな話をしてました。こっから……」

と、彼は北東を指し、

「そうですね、車ですこしばかり上った先に、『スジモチ』の村があって、男はそこの出だったそうです。役者みたいに顔立ちの整った優男でね、頭も切れて優秀なんだが、ふっと狐に憑かれちまった。その村にはそういう輩が多くてね、そうなるともう、狐の言いなりで、戯言を言ったり、踊ったり、やがては惨い死に方をする。当時は多かったんですよ」

「スジモチって、なんですか？」

「なんですか。筋やら餅やら、儂にはとんとわかりませんが、そういう話は曳き屋さんのほうがお詳しそうだ。ねえ？」

庭師は笑い、立ち上がって尻を払った。

「さ。年寄りが知っているのはこんなところですが、何かお役に立てましたかな？」

「参考になったよ。感謝する」

仙龍も立ち上がって礼を言う。

すると庭師は小さな体を精一杯伸ばして仙龍を見上げた。

「時に、また中庭で人が死んだと聞きましたがね、ここんとこ、どうも風が悪くて。久方ぶりに思い出したのは、曳き屋さんの親父さんが離れを曳く前も、こんな具合の風だったってことですわ。こういう風が続くと脚立から落ちたりね、足を掛けた枝が突然折れたり……あの頃も月に一度はけが人が出て、ここで作業するのを怖がる職人が多かったですよ」

「親方も感じるかい？」

「そりゃ感じるよ、職人だもの。だもんで、しばらく高いところの作業は剣呑だなと、今日はやめたってわけですよ」

「それがいい」

と、仙龍は言った。

「特に日が落ちてからは、離れの向こうへ行かないことだ」

「ところがそうはいかねえんで。庭師ってえのは、植物あっての仕事だからね。春は春、秋は秋で、逃すことのできねえお世話があるんで。これじゃあ、儂らは、ここのお庭のお世話もできねえ」

彼は手拭いを頭に巻いてキュッと締め、

「曳き屋さん。また、あんときのように鎮めなさるかね？」と、仙龍に訊いた。

仙龍は、まだ迷っているのだという顔をした。

「流れ次第だ。俺一人の力では、どうにもならないかもしれないし」

痩せた庭師は小鼻の脇に皺を寄せ、ふんっと地面に鼻息を吐いた。

「そりゃ、儂はただの庭師ですがね？　庭師には庭師の矜持ってもんがある。同じお庭と七十年も付き合っていると、好いてたまらん木もできまして。自分の命が終わっても、生き続けてくれる木が恋しくてならなくなるんです。離れの前の古い黒松、あれは立ち枯れそうになってたやつを、ようよう手を掛けて今の元気にしたんですよ。それと前庭の枝垂れ桜、あれは樹齢二百年を超えてます。紅梅や、この沙羅もね。けれどこいつらを生かしてやるには、それなりのお世話が必要なんで、だからなんとかお願いします。ここが荒れればこいつらも荒れる。他人様が知ることのない儂らの仕事は、こいつらが元気だからこそ他人様の目にも触れてくれるってわけなんで」

庭師は仙龍に頭を下げた。仙龍も礼は返したが、任せてくださいとは言わなかった。

春菜も頭を下げたものの、何も言うことができなかった。長坂はどうしているか。彼が戻ってまた問題を起こす前に、この件を解決できるのだろうかと、そんなことばかり考えていた。

其の四

憑き物筋と狐憑き

駐車場で待っていたコーイチを拾って、春菜たちは信濃歴史民俗資料館へ向かった。この学芸員をしている小林寿夫教授は民俗学者で、因縁がらみの物件に関わる時に、何度か力を貸してもらっている。そんなこともあって、すでに大学教授の職を退いている彼を、春菜たちはいまだに教授と呼んでいるのだ。

連絡したとき、教授はフィールドワークに出ていたが、珍しく携帯電話がつながって、手帳が見つかったと報告すると、すぐ資料館に戻ると言った。自身の興味を引く案件には、どこまでも貪欲さを隠さない。

信濃歴史民俗資料館は郊外にあり、丘の上の古墳を含め広大な敷地を有している。古墳時代の村を再現した屋外施設などもあって、信濃の歴史と民俗に関する展示がされた資料館だ。春菜たちはロビーから入って、有料見学施設の手前に開放されたラウンジで教授を待った。

時刻はすでに昼近く、一面ガラス張りのラウンジには長く日射しが入り込み、水場の奥に再現された科野の森をオレンジ色に染めている。

大窓から外を眺めていると、パタパタとサンダルの音がして、

「いやいや、お待たせしましたねえ」

と、小林教授が階段を下りてきた。受付職員に手を上げて、『この人たちは、ぼくのお客さまだから』と、アピールする。教授は小柄で、まったく飾ったところがなく、細いフレームのメガネを掛けて、グレーのシャツにくたびれた作業ズボンを穿いている。腰から下げた手拭いだけが様々な柄に替わるのだが、それ以外はいつも同じだ。

「電話をもらって興奮しましたよ。手帳が見つかったんですってね？」

メガネを外して手拭いで拭き、また掛け直して教授は訊いた。

「文机は、裏庭の農機具置き場で筵の置き台になっていました。ものを大切にするお屋敷なので、よほどでなければ廃棄しないんだと思います」

「手帳は持ってこられなかったんで、写真に撮ってきたんすよ。俺のスマホにデータがあるんで、USBケーブルを貸してもらえれば、そっちに落としていくっすよ」

春菜に続けてコーイチが言う。

「楽しみですねえ」

と、教授は微笑み、三人をバックヤードへ手招きした。

「奥でコピーさせてもらいたいですね。あと、私もね、ちょっと見てほしいものが。こっちですよ」

『Staff only』と書かれた扉を開けて、教授は奥へ入っていく。そこは殺風景な細長い廊下で、片側にドアが並んでいる。ここへよく打ち合わせに来る春菜は知っているのだが、職員事務室、研究室、資料室、図書室、保管庫などがあるのだ。

教授は図書室のドアを開け、三人を先に中へ入れた。この図書室は職員専用で、貴重な資料や、展示できない古い書籍を保管している。中央にテーブルが並んでいるが、職員が作業台としても使うので、パンフレットや印刷物が積み上げられている。教授は比較的スペースのあるテーブルに三人を呼ぶと、散らかっていた書類をまとめて片隅に寄せた。

「適当に座ってください。パソコンを持ってきますから」

そう言って、別のテーブルからひょいとマックブックを持ってきた。テーブルをひとつ占領して、そこで作業をしていたようだ。職員事務室に専用デスクを持っているのに、雪崩（なだれ）を起こすほど書類が積み上がっていて、パソコンを置くスペースがないのだろう。教授はＵＳＢケーブルをコーイチに渡して、スマホのデータをデスクトップにコピーさせた。

「いやあ、本当に偶然でした。私もね、ちょっと気になる情報を入手したところで、これをまた、薄い本に編纂しようと思っていたんですよ。題して、『狐憑きと百度川（もどがわ）水系』。どうですか？」

「どうですかって？」

春菜が苦笑いする。

「企画展のテーマになりませんかねぇ。結構面白いと思うんですが」

教授はいそいそと資料を広げた。それは模造紙ほどの大きさな紙に地図を印刷したもので、糀坂町とその周辺が載っている。

「あの界隈の地図を拡大したものですか？」

仙龍が訊く。

「そうなんですよ。土着の怪談話は興味深くてワクワクしますねぇ。私はこちらもライフワークにしていましてね、子供の頃はただ怖かっただけでしたが、この歳になってから興味を持って調べると、いろいろなことがわかって面白いです。名だたる豪商藤沢家にも怪談があると知ったのは、もう二十年以上も前になりますか。資料の手帳が見つからなくて、ずっと気になっていたんですが……コーイチ君、出ましたかね？」

訊かれてコーイチは首を竦めた。

「コピーは終わりましたけど、これ、なんのソフトで開けばいいすか？　とりあえずプレビューでいいっすか？」

「いいですよ。早く見たい。見せてください」

小林教授がコーイチの後ろへ回ったので、春菜と仙龍は地図を眺めた。地図には赤い印が幾つかあって、それらが川に沿って点在している。教授が話した百度川がそれだ。

「川と狐憑きと、どういう関係があるんです？」

春菜が訊くと、教授はいそいそと戻ってきた。小さな赤丸の集合体を指さして、

「かつてこれらの集落は、『スジモン』の村などと呼ばれてましてね」と言う。

「スジモンですか？　スジモチではなく？」

たしか庭師もそんなことを言っていた。

細いフレームのメガネの奥で、教授は瞳を輝かせた。

「スジモンもスジモチも同じ意味ですね。『筋』は系列を意味していますが、この場合だと、家系でしょうね。『狐憑き筋』とか『犬神筋』というように使われて、人々が迷信に囚われていた時代には、筋者との婚姻関係を嫌ったのです。筋者が家に入ると、子孫に憑き物が隔世遺伝して、家が絶えると恐れられていたからでした」

「交通機関も発展していない時代のことだ。山奥の小さな集落などでは近親婚を余儀なくされて、その結果生じた障害などが誤解されたという背景もあるらしい」

赤い印を見下ろして仙龍が言う。

「え。じゃ、庭師のお爺さんに話を聞いたとき、仙龍は筋持ちのことがわかっていたの？」

「わかっていたが、あの場所で核心に迫る話をするわけにはいかないだろう」

確かに庭師は『曳き屋さんのほうがお詳しそうだ』と、言っていた。となると、

「コーイチも知っていた？　憑き物筋のこと」

春菜はコーイチに訊いてみた。

「憑き物かわからないけど、明治政府がいわゆる『拝み祈禱の禁止令』を出したって話は知ってたっす。でも実際は、憑、市子、狐下げなんかは、昭和の中頃まで頻繁に行われていたようで、そういうシャーマンも『何々筋』って呼ばれていたらしいっすよ」

「より、いちこ、きつねさげ？」

「口寄せみたいなものっすよ」

「狐憑きは悪霊に取り憑かれた状態ですからねえ。憑かれた人は正気を失い、事故死、変死、それとは別に迫害などでも、命を落とすことが多かったようです」

「藤沢家の庭を七十年手掛けているという庭師に話を聞いてきたんだが、赤い着物の男は実在の人物だったということだ。筋持ちの村の出身で、狐に憑かれて山に入り、野犬に襲われて死んだらしい。新聞記事にもなったというから事実だろう」

「亡くなったときに着ていたのが女物の赤い肌襦袢だったと、お爺さんが」

「そうそう、そこそこ、そこなんですがねえ」

小林教授は嬉しそうに手を叩き、その手をすり合わせながらテーブルを行き来して、分厚い一冊の本を持ってきた。『囲炉裏端夜話』とタイトルがある。

「ちょっとこれを見てください。五十年以上前に出版された本ですが、ここに赤い着物の男の話が載っているんです。だからこそですねえ、私はあのお屋敷で手帳の落書きを読んだときから、そのことがずっと頭にあったんですよ。これでようやく、長年の謎がまたひとつ解けるんじゃないかと。面白いですねえ、これだから学者はやめられません」

教授がいそいそと本を開くと、コーイチもそばに寄ってきた。

「著者は亥月亀女さん。保健婦さんをやりながら民俗の研究をされていた方で、幼い頃に両親を赤痢で亡くし、お祖母さんに育てられました。そのころ、囲炉裏端で聞いたお話や、その後貧しさゆえに奉公に出されて、奉公先で耳にした噂話など、当時の情景が偲ばれるように書かれています。藤沢家で手帳の落書きを発見したとき、私は直感しましたねえ。あの落書きをした者こそ、亥月亀女さんだったのではないかと。ずーっと、それを確かめたかったところが、今回このように手帳が見つかって、胸が躍っているんです。いいですか？」

教授は目の高さまで本を持ち上げ、メガネをずらして本文を読んだ。

「山田橋のたもとに仙二という村がある。あるときこの村の男に狐が憑いた。はじめは笹藪の中で跳ねている程度の奇行だったが、そのうち、家人や通りがかりの人に向かって、『柴山のはずれに見世物が来ているから見に行こうや』などと言うようになった。柴山は墓所のある丘のことで、そこに見世物小屋がかかることはない。

このようなことを繰り返しているうち、いよいよ狐に取り憑かれ、一刻ほどの間に仙二から街道沿いまで移動してしまうこともあったという。どこで手に入れたか女物の赤い襦袢を引きずって、村中を大声で呼ばわって歩くので往生する。日がな一日山田橋に佇んで、通りかかる者に『おらの娘はお大尽公の妾になった』と、叫ぶのである。村の衆は、初めのうちこそ『狐が負ぶさる』と言って怖がっていたが、後には子供らが囃し立て、狐退治といって犬に追わせたりするのを見るようになった。大正十二年頃の話である」

「手帳の落書きに似ているわ。時代的にも合致するんじゃないかしら」

春菜が言うと、いつの間にかパソコンの前に戻ったコーイチが、モニターを教授に向けてきた。

「落書きのページが出たっすよ。確かに子供が描いてあるっす。これって、ガキんちょどもが囃し立ててる図なんっすかね」

小林教授はコーイチをどかして、自分がモニターにかじりついた。

「ああ……まさしく、まさしくこれです、ありがとう、ありがとう。しっかりと記録に残さなければですねえ」

誰にともなく礼を言い、しみじみと画面を見つめてから、小林教授は先を続けた。

「水風呂に入れるとか、煙で燻すとか、憑き物落としの方法は様々に伝授されていましてね。その中のひとつが犬をけしかけるというものでした。犬は狐の天敵なので、吠えると狐が驚いて、取り憑いた相手から離れると考えられていたんですね。若い娘に狐が憑いた場合など、祈禱にかこつけて悪戯されるようなことも多かったようですが」

教授の言葉で春菜は閃いた。

「もしかしてそれが原因だったんじゃ？　赤い着物の男は山で野犬に殺されたって」

「俺もそれは考えた。犬が寄ってくるような悪戯を仕掛けられ、野犬の群れに襲われたんじゃないかと」

「その可能性は大いにあります。着物の裾に肉や魚のすり身などを擦り付けて、犬に追わせた記録が残っていますし。もしも山の中へ逃げ込んでしまったら、助けに来る者もいないでしょうしね。当時は野犬も多かったですから」

「でも、子供の悪戯が原因だったら、なんで忍び門に化けて出て、大旦那さんを取り殺したんすかね？　確かそんな話だったんすよね、庭師の爺ちゃんが言うことにゃ」

「そこはひとつ謎のままだな」

仙龍は腕組みをして静かに言った。

「結局、狐憑きって、なんなんですか？　小林教授」

春菜が訊くと、教授は得意満面に立ち上がり、広げた地図の上に屈んだ。

「それが何かということは、私には断定できませんがねえ、狐憑きという症状や、状態の記録は各所に多く残されています。現代なら医学的な解釈もつくのかもしれませんが、人智を超えた惨状なども報告されているのを見れば、本当のところはわかりません。先にも言いましたが、これら憑き物を多く出す家を『憑き物筋』『筋持ち』『筋者』などと恐れたことから、出生地を禁忌として秘匿したり、村自体が隔絶されるというようなことが起こってきました。もっとも顕著な事例としては、荒くれ者の呪い師による詐欺まがいの行為でしょう。加持祈禱を装って金品を詐取したり、若い女性に強姦するようなことすらあったといいます。さてそこで、亀女さんの話に出てくる仙二村というのが、ここなんですよ」

地図の一部を指でさす。赤丸を貼ったところであった。

「この本では、仙二村が憑き物筋の村と明言されてはいませんが、別の文献によりますと、仙二村周辺にはその筋と呼ばれる集落が点在していたようです。これらの集落は、東西十キロ程度の山間部に散在していまして。さて、藤沢本家のお屋敷はここで、仙二村の山田橋から距離にして十キロというところでしょうか。昔の人の健脚ならば、二時間程度で歩けた距離で、落書きにもあるように、赤い着物の男が生前お屋敷を訪れていたとしても不思議ではありません」

「幽霊ではなく、生きた男だったということですか?」

「その可能性もあるのではないでしょうか。藤沢本家のあたりはいわゆる繁華街で、周辺の目がありますね。しかも格式高い商人の家ですから、奉公人や近所の手前、幽霊とした可能性もあるのではないかと、私なんかは思っています。狐憑きは、ある日突然生ずるのですから、この男性がそれ以前に商家と面識があったとしてもおかしくはありません」

「なるほど。かつては取引などで屋敷を訪なっていたものが、異変を生じてからも、同じように通った可能性があるということか」

仙龍が頷く。

いつの間にか、春菜たちは地図の周りに集まって教授の話を聞いていた。地図には大小幾つかの印があるが、憑き物筋の集落を示すのは直径三ミリ程度の小さな丸だ。そこからわずか離れた場所に、ひときわ大きな丸がある。それを示してコーイチが訊いた。

「んじゃ、このでっかい丸は？　狐の住処かなんかっすか？」

小林教授はニヤリと笑った。

「そこなんですよ、私が仮説を立てたのは。その丸は今から約三十五年前の秋に大規模な地滑りが発生した場所なんです。地滑り後の調査でわかったのは、鉛を採掘した跡地だったらしいということでした。これはたまたま仙二村へフィールドワークに出ていたときに、百度川で知り合いになった地質学者から聞いた話ですが……」

教授は再びデスク代わりにしていたテーブルへ戻り、一冊の資料を持ってきた。川の写真や断層写真、地滑り跡を写したと思われる写真が多数載せられている。

「その先生にいただいた資料です。資料にあった地図を拡大したものがこれで、土の成分を色分けしています。これを見ますと、百渡川の河口周辺で微量ながら鉛が出ていることがわかりますね。彼は、上部採掘場の鉛が地下水に染み出して、百度川に流れ込んだ恐れがあると言うのです。恐ろしい話ですが、百渡川は水源としても利用されていましてね、彼は行政に注意を促すためにデータを集めているそうですよ」

「狐憑きの村が生じた原因が、鉛の混じった水だと考えているんですか？」

春菜の言葉に小林教授は頷いた。

「そうであろうと思っています。当時は井戸水でしたから、影響は今よりずっと甚大だったことでしょう。川の水にも鉛が含まれていた場合、獲れた魚や、そこで洗った野菜なども汚染されていたでしょうし。狐憑きを病と捉えてみますとね、地方病と呼ばれる病には、飲み水や、土壌に含まれる毒素、また線虫などが関係したケースがけっこうあるんですよ。鉛は特に、脳に影響を及ぼすと知られているわけですし」

仙龍が低く唸った。

「鉛中毒を憑き物筋と呼んで恐れた、か……」

「昔のことですからね。理解が及ばず胡散臭い加持祈禱を尊んだり、迷信にまみれた民間療法が行われたのもやむなしですが」

「な―るほど。赤い着物の男が狐祓いの犠牲になったかもってことはわかったっす。ただ、座敷牢の謎とはつながらないすよ？　まだまだ、そっちは謎のままっす」

コーイチが眉間に縦皺を寄せて話をまとめる。

そのとき、春菜のスマホに着信があった。

「はい。高沢です」

「俺だけど、高沢、今どこ?」

電話の相手は井之上だった。今日は林という内装業者の告別式で、井之上は斎場から電話をかけているという。

「小林教授のところです。鐘鋳建設さんと一緒に」

それなら話が早いと井之上は言い、

「実は、葬式で藤沢本家博物館の館長と一緒になったんだけど、妙な相談されちゃってさ」

と、付け足した。

「妙な相談って?」

背後で読経の声がする。うん、それがな、と、言いながら、井之上はやがて読経の聞こえない場所へ移動した。

「場所が場所なんで外へ出た。お焼香が終われば館長も出てくると思うんだが……」

声が大きくなったから、携帯電話を手で覆ったのだろう。

「館長の話では、最初の死人が出たときも、庭掃除に入ったおばさんが、若い女を見たと言ってたそうなんだ」

「どういうことですか?」

「うん。そのおばさんが遺体の第一発見者なんだけど、さすがに警察には言えなくて、黙っていたらしいんだよな」

「どうしてですか？　もしかしたら事故じゃなくって事件だったのかもしれないじゃないですか」

「そういうことじゃないんだよ。その後またもや死人が出て、それで初めておばさんが、館長に話しに来たんだってさ」

一呼吸置いてから、井之上が言う。

「なんというか奇妙な話で、その朝見かけた若い女は、半裸の状態だったというんだ。髷が崩れて、赤いかのこを髪から垂らし、黒い振り袖を引きずるようにして中庭から出ていったって」

「え……？」

「そうだろ？　そんな格好の人物が、あそこにいたわけないんだよ。おばさんは不思議に思って、確かめるために中庭へ入って、遺体を発見したそうだ」

「幽霊だっていうんですか？」

春菜の言葉に、仙龍たちが顔を上げる。春菜もまた仙龍たちを順繰りに見た。

「で、ここからが館長の話なんだが。林さんが死んだ日は警察が入って工事にならず、夜間の現場は無人だった。それなのに、夜中に叫び声を聞いたというんだよ」

「叫び声って？　え、誰の？　どこからですか？」

館長は藤沢家の末裔だから、博物館内の居住区域で生活している。まさか笑って死んだ業者の声でもあるまいに、春菜は足下に寒気を感じた。

「館長は確かめに行って、かなり大きな声だったから、てっきり人が上げているものだと思ったと。一瞬聞こえたとかじゃなく、断続して長く聞こえるらしいが、中庭に出たあたりで止まってしまったそうだ」

「なんだったんですか？」

「わからないんだ。それで、今日だ。天気がよかったので、事故以来開けていなかった離れに風を通そうと職員が入ったら、障子がズタズタに破られていたというんだよ。高沢も知っていると思うが、離れは通常、開館時には雨戸が閉め切られているし、来館者も入れない。もちろんだが、職員も風通し以外の目的で入ることはない。事故が起きる前には異常がなくて、今日雨戸を開けたらそういう状態だったというんだ。あと、頻繁に離れの火災報知器が鳴るようになってしまって、それも原因がわからないと」

「え、なんだかさっぱりわからないんですけれど。いったいどういう意味ですか？」

「そこを相談されたんだよな。あそこを博物館にするときに、俺が昇龍さんを紹介して離れを曳家したことは、先代の館長から聞いていたというんだよ。それで館長は、立ち入り禁止を言い渡された蔵をいじったことと、今度の事故が何か関係あるんじゃないかと心配しているようなんだ。俺にそれを訊かれても、昇龍さんが離れを曳いた理由も知らないし、知っているのは防犯カメラに写った若い女のことぐらいだし……しかも真夜中の叫び声は、かなりはっきり聞こえたというんだ」

だから仙龍を館長に紹介したいと井之上は言う。

ならば直接話してください、と春菜は仙龍に電話を代わった。小林教授もコーイチも、地図から目を上げて仙龍を見ている。さっきコーイチがまとめたとおりに、赤い着物の男については若干程度理解ができても、座敷牢の謎は何ひとつ解けていないのだ。仙龍はしばらく井之上と話していたが、電話を切る前に春菜に代わった。

「もしもし？」

「高沢さあ。話は変わるが」

井之上はちょっと言葉を切って、

「おまえ、長坂先生のところへ見舞いに行ってくれないかなあ？」と言う。

「えっ、なんで私が？　厭ですよ」

「まあ、そう言うな」

井之上は笑っているようだった。

「気持ちはわかるが、ここでつなぎをつけておくほうが、高沢の今後がやりやすかろうと、これは上の判断なんだ。見舞いだから顔を出すだけでかまわない。なんだかんだ言ってもあの先生は手堅い案件を数多く持っているんだし、さっき館長と話した感じでは、長坂先生抜きで工事を進めてしまわないとオープンに間に合わなそうだし、あとで絡まれても事だしな。そうなると、高沢以外にあの先生とまともに渡り合える逸材もいないと、これはおまえを褒めて言っているんだからな」

「私に機嫌を取りに行けっていうんですか？　厭と言ったら厭なんです。この忙しいのに、なんでパグ男に時間を割かなきゃならないんですか。それに今回パグ男は発注元じゃありません。クライアントは博物館じゃないですか」

「このまま入院していてくれるならともかく、最悪、工事終了間近にあの先生が出てきてみろ。へそを曲げられて検査が終了しなかったらオープンできないし、俺たちだって困るだろう？　チラシもパンフも手配済みなんだぞ。自分は工事完了届だけ出して、その後の予定は引き延ばされてしまうかもしれない。あの先生に祟りだ障りだという話が通じるとでも思うのか？」

「思いません」

春菜はキッパリ言った。

「でも、それとこれとは関係ないです。私がお見舞いに行っても、いいことなんかないですよ。パグ男とは水と油なんだし」

「花だけ置いてくればいいんだよ。高沢が行くから価値があるんだ」

「やっぱり私に白旗揚げろって言ってるようなものじゃないですか」

「意地悪な言い方をするようだが、行って、弱ってる先生の顔を見てこいよ。それで、先生の退院時期を確認してきてほしいんだ」

「え」

「見舞いついでに確認をな。それによって代任の小谷君に頑張ってもらわなきゃならないし、こっちも展示物設置のタイミングを見極めたいし」

「つまり、パグ男がいないほうが、仕事はやりやすいってことですね?」

「そうハッキリ言うな。うちとしても内装工事が早く上がるに越したことはないだろう」

それはそうだが、浄霊前に工事が進んで座敷牢を塞がれてしまっても困るのだ。春菜が考えているうちに、

「館長が来た。お見舞いの花は立て替えて、あとで経理で精算してくれ。じゃあな」

と言って井之上は、そそくさと電話を切ってしまった。

「あ、ちょっ、井之上部局長! もうっ」

やられたとブツクサ言いながら、春菜はスマホをポケットに入れた。

仙龍とコーイチと小林教授が、じっとこちらを見つめている。

「何よ?」

誰にともなくそう訊くと、仙龍が薄く笑った。

「今夜、博物館の離れを見に行ってくる」

「えっ？　なんで？」

「おたくの上司と話した結果、館長から直接仕事を依頼してもらえることになった。今朝、離れの床下へ潜ったときに、コーイチと隠温羅流の因を確認してきた。因には印がつけられているが、離れの印は『因』。座敷牢の印は『縁』だった。曳家するとき昇龍は、屋敷の因縁をそう読んだということだ」

「離れが因で座敷牢が縁って、どういうこと？」

「棟梁も話していたが、障りの元になる事件は離れで起きて、座敷牢で作用に変わった。つまり、離れで何かが起きて女は壊れ、座敷牢で死んで悪霊になったということだ。館長が聞いた叫び声や火災報知器が鳴る現象は、離れで起きたことと関係があるのかもしれない。だからそれを確認に行く」

仙龍の瞳には迷いがない。いつもそうだと春菜は思った。

生きている人間のことだけではなく、すでにこの世にいない人間のことを、こんなにも真剣に考える。生きた人間には未来があるけど、死者が残した想いは変えられないから、自分が聞こうとしているのだろう。

「ちょっと待ってよ。だって、あれは強力な霊なんでしょう？　仙龍が自分でそう言ったじゃないの。日が暮れたら工事現場には近づかないほうがいいって」

「素人はな」

「素人でも玄人でも危険は危険よ、同じでしょう」

「でも春菜さん、放っておくと、館長さんの家族に災いが起きるかもしれねえっすよ。なんたって、あそこに住んでいるんだから」

コーイチにそう言われ、春菜はグッと言葉を呑んだ。

それは確かにそうだけど……でも、館長さんは、子孫じゃないの……

「子孫にも悪さをすると思うの？」

「わからない。相手は人じゃないからな。とにかく、行って確かめないと」

「なら私も行く。今夜、離れに」

自分をバカと罵る間もないほど早く、春菜はそう断言した。

言い出したら聞かないのは、子供の頃からずっと同じだ。この性格は自分でもどうにもならなくて、未だに損ばっかりだ。それでも春菜はどうしても、自分の知らないところで仙龍たちが危険な目に遭うのが許せなかった。

「春菜ちゃんは勇気がありますねえ。まあ、無謀とも言いますが……」

小林教授は目を細めた。いつの間に春菜『ちゃん』と呼ばれる仲になったのか、春菜にはまったくわからない。

「どうも悪霊は若い女性のようでして、老いても男は若い女性に弱いですから、私は遠慮しておきますがねえ。その代わり、亥月亀女さんについては私のほうで調べるとしましょう。ご家族がわかれば、その人たちが亀女さんから当時の話を聞いているかもしれませんしね」

「藤沢本家の家系図を見せてくれるよう、おたくの上司が館長に頼んでくれると言っていた。とにかく糸口を見つけないことには、打つ手を探りようもないからな」

「わかった。それじゃ、何時に入るの？　藤沢本家に」

春菜が訊くと、

「本気なのか？」

と、仙龍は訊いた。

「信じないんじゃなかったのか？　因縁だとか、祟りだとかは」

「信じる信じないとか関係なく、仙龍たちがサニワサニワ言うからよ。何時に行けばいいの？　私、これからパグ男のお見舞いに行かなきゃならないの。だから時間を教えてよ。駐車場で待っているから」

それから春菜は少しだけ小さな声で「一人で中まで行くのは怖いし」と、付け足した。

「ならば深夜零時にしよう」

仙龍は静かに答えた。

「棟梁が警戒するほどの現場だからな。こっちも用心棒を迎えに行って、引っ張ってくる。どうするか、和尚にも見てもらおう」

和尚と聞いて、ああ、やっぱり。と、春菜は思った。安心できる気持ちもした。

和尚は名を加藤雷助といい、長野市街から車で一時間以上離れた山奥の寺に住んでいる。雷助和尚が勝手に『三途寺』と名付けた廃寺は、かつておこもりで禅の修行が行われていた場所で、今では化け物が出そうなほどに朽ち果てているが、金に汚く、女にはだらしなく、大酒飲みの博打打ちである和尚には、その寂れぶりがむしろ好都合なのだという。借金取りに追われてか、女がらみの揉め事か、和尚は三途寺に身を隠し、迂闊に電話に出ることもない。それなのに、仙龍の一派とは先代からともに仕事をする仲なのだ。

深夜零時に博物館の駐車場で待ち合わせる約束をして、春菜は代任の小谷に聞いた長坂の入院先へ向かった。


見舞いに鉢植えを持参するのは、入院生活に根つくといってタブーのようだが、フラワーショップに行ってみると、春菜は鉢植えばかりに目が行った。これは人を呪う悪い兆候だと思い、そのまま飾れるカゴ盛りの花をアレンジしてもらうことにした。

どんな色合いがよいでしょうかと訊かれても、長坂に贈る花にイメージは湧かない。しばらく考えていると、長坂の四角い顔とギョロリとした目を思い出し、

「ドビラビラで、とにかく派手な感じにしてください」
と、店員に告げた。出来上がったアレンジは赤を基調にした大胆なもので、予算をはるかに上回る金額を請求された。こんなところにも長坂の呪いは生きているのだ。

自分が設計した病院に入院していると聞いて来てみた先は、中堅どころの個人病院だった。いかにも長坂の趣味らしく、院内のテーマカラーは深紅に近い臙脂色だ。受付ロビーで病室を聞き、エレベーターで上がっていく。見舞いの花がいかにも成金趣味なので、誰かとすれ違うたび、春菜は体を斜めにしてそれを隠した。

癖のある設計士の長坂とは、いつの間にか感情の拗れ合う仲になってしまった。本当ならスッパリ縁を切り、二度と顔も見たくないのだが、地方で乏しい仕事を漁る身なればそうもいかず、してみれば井之上の言うとおり、つかず離れず穏便にことを運ぶのが得策かもしれない。

細長い廊下は両側に配した手摺りの下に臙脂色のラインが施されている。性格はともかく、長坂の設計は見栄えのセンスが抜群だ。尖ったセンスは一部に熱狂的なファンを持っていて、特に新築物件で人気が高い。見栄え重視の設計は実際に使い始めると問題も多いのだが、新築当時は施主の気分が高揚しているために、堅実なデザインよりもハッとするデザインが好まれるのだ。

ナースステーションで部屋番号を告げると、L字に曲がる廊下の手前、春菜から見て一番奥の右側が長坂の個室だと教えられた。

「先生の容態は悪いのでしょうか」

可能ならば、名刺を添えた花を置き逃げしたいと思って訊くと、

「いえ。お会いになれますよ。熱が下がらないというだけで、感染症でもないようですし、お食事も召し上がってますしね」

看護師は淡々とそう答えた。

「私、仕事の関係者なんですが、先生はいつ頃退院できそうでしょうか？　現場が詰まって困っていて、上司から聞いてくるように言われたんです」

ついでに訊ねると、看護師は苦笑した。

「ちょっとまだわかりませんねえ。とにかくお熱が下がらないことには」

「そうですか。ありがとうございます」

それだけ聞くと会話も底をつき、ついに長坂のところへ行くしかなくなった。

下を向いてため息をつき、ええい、ままよと顔を上げる。行くぞ！　と、廊下を見渡したとき、長坂の病室から一人の男が出てくるのを見た。

仙龍？

と、春菜は目を瞬いた。男は背が高く、細身ながらガッチリとした体格で、遠目なので

顔はわからなかったが、雰囲気が仙龍にそっくりだった。足を止めてこちらを見ている気がしたので、春菜も彼を見つめていると、男は礼儀正しく頭を下げた。

いや、自分にじゃないかもしれない。そう思って後ろを見たが、誰もいない。

再び男に目をやると、彼はL字に曲がった廊下を進み、すぐに視界から消えてしまった。春菜は早足で廊下を進んで、男の行方を確認しようとしたが、その先にはもう誰もいない。

仙龍のわけ、ないわよね？

自分に問うて向きを変えると、そこが長坂の個室だった。大きく息を吸い込んで、春菜はドアをノックした。

「何？」

と、中から声がする。

「点滴なら今替えたでしょ。だいたいさ、何をやってんだヤブ医者がっ。早く退院させないと、数百万の損失が出るんだぞ。どうしてくれるつもりだよ！」

怒鳴り声を聞いたとたん、げんなりとした。高熱を出して伏せっているかと思いきや、長坂はいつどんなときも長坂だった。このまま帰ってしまおうかとも思ったが、ノックしたくせに入ってこなかったと医者や看護師が文句を言われては申し訳ない。

「よしっ」と、春菜は自分に言って、「失礼します」と、声をかけた。ガラガラと音をたてながら、スライド式のドアを開く。
こぢんまりしていながらも派手な個室に、リクライニングベッドを起こした長坂がふんぞり返っていた。テカテカした素材のガウンをまとい、点滴の管をつながれて、おでこに『熱さまシート』を貼り付けている。入ってきたのが春菜だと知るや、長坂は驚いたように目を見開いて、数秒してから、

「春菜ちゃぁ～ん」

と、相好（そうごう）を崩した。怒鳴られるか無視されるだろうと思っていたのに、猫なで声を出されたほうが、何倍もメンタルに応（こた）える。

「どうしたの？　え？　え？　もしかして」

「入院されたと伺ったので、お見舞いに来ました。所長、お加減はいかがですか？」

あまり近寄りたくもなかったが、仕方なく春菜はベッドに寄って、買ってきた花を差し出した。改めて見ると、ド派手な花はテカテカのガウンに似合っていた。

「井之上『が』心配してました。今日は石坂内装さんの告別式で、一緒に来られなくて申し訳ない、と伝えてほしいと言っていました」

「きれいな花じゃないか。ありがとう、悪いね」

嫌みでもなく言うのを見ると、誰もお見舞いに来てくれなかったに違いない。長坂はサイドデスクに花を飾ると、看護師に自慢するのだと微笑んだ。

「思ったより顔色がよくて何よりです。それでは、お体にさわるといけないので、私はこれで失礼します。お大事に」

とっとと帰ろうと頭を下げると、

「ちょっとちょっと、そんなに急いで帰らなくてもいいじゃないか」

長坂は火照った顔でそう言った。看護師の話どおりに、熱以外は具合の悪そうな様子もない。春菜はその場に立ったまま、

「高熱が出たって聞きましたけど、どうしちゃったんですか？　扁桃腺？　の、ようにも見えませんね」

と、訊いてみた。長坂はペリペリになった『熱さまシート』を額から剝がすと、それをゴミ箱に放り込んで、新しいのをまた貼った。

「それがさっぱりわからないんだよ。現場から帰ったら急に熱が出てさ、検査に来たら即入院で、調べても異常はないっていうし、かといって熱は下がらないし」

「何か変なもの食べたとか、変なところに入ったとか、心当たりはないんですか」

なんの気なしに訊いたのに、長坂は声を尖らせた。

「なんだそれは。変なところに入った？　誰がだよ」

ほーらほら、痛いところを突かれたんだわ、パワハラパグ男が出現するぞと、春菜は思った。

「いえいえ、他意はございません。所長のことが心配だっただけですので。それでは、ご快復をお祈りいたしております。失礼します」

これ以上長坂が熱を上げないうちに、春菜は病室を逃げ出した。頭を下げてドアを開け、また会釈してからドアを閉める。ひとつ仕事が片付いたと胸をなで下ろして踵を返すと、目の前には長い廊下があった。さっき仙龍によく似た男が歩いていった廊下である。そうして春菜は気が付いた。彼が病室を出ていったとき、ドアが開く音は聞こえなかった。自分が来た時、ドアは閉まっていたのだから、男が音もなくドアを開け、出ていくことは不可能なのだ。

「え……私、何を見たの？」

考えても、答えは出ない。再びエレベーターで階下へ戻り、ロビーを出ようとしたときに、病院へ入ってきたばかりの代任・小谷とばったり遇(あ)った。丸めた図面を抱えているので、長坂の指示を仰ぎに来たのだろう。

「小谷さん」

声を掛けると、小谷は数歩先で足を止め、春菜を振り向いて、

「あれ、高沢さん。なんで？」と言った。「まさか、先生のお見舞いですか？」

本気で驚いた顔で訊いてくるので、春菜も、「そうなんです」と首を竦めた。

「上司の命令で。そのほうが今後の仕事がスムーズに運ぶだろうって」

小谷さんは？　と訊くと、彼は図面を持ち上げた。

「展示ケースにガラスを入れ終わったんで、例の廊下を塞ぐ算段をしなきゃならないんですけど、先生がね、そこは自分が手配するって聞かなくて。指示を仰ぎに来たんです」

なるほど。退院が遅れると数百万円の損失が出るというのはそのことか。長坂は子飼いの業者を現場に入れて、座敷牢の木戸はじめ、水屋簞笥も床板も、もしかすると土壁まで、一切剝がして持ち出してしまうつもりなのだろう。壁で塞げば内部は見えないし、長坂の所業もわからない。そして、もしもそうなれば、死霊を封印できなくなるのだ。

「会ってきた限りで言えば、けっこう元気そうだったのよねえ。残念ながら」

思わず本音が口をつき、春菜はしまったと恥じ入った。

「ごめんなさい。今のは失言。取り消すわ」

小谷は眉尻を下げて笑った。

「まあ、聞かなかったことにしますけど、アーキテクツさんのほうだって困るでしょう？　工事があまり遅れると」

「そうなのよ。展示は最後の最後になってしまうから、最悪でも公開三日前には入りたいんだけど……。小谷さん、新しい工事の進行表が出てきたら、私に教えてくれないかしら」

「いいですよ。アーキテクツさんにはいつもお世話になっているんで」

「ありがとうございます。感謝します」

春菜は深くお辞儀して、小谷と別れた。

工事が完了してほしいのはやまやまだが、それだと浄霊が間に合わない。ふたつの事情に板挟みになって、春菜はどうしていいかわからなかった。とにもかくにも、あそこにどんな因縁があるのか知るのが先だ。自分に強く気合を入れて、春菜は病院を後にした。

其の五　ふたり小町

図らずもその晩は中秋の名月だった。

今年は中秋の名月と満月が二日ずれ、月が満ちるのは明後日(あさって)だという。激しく雲が流れる奥で、ほぼ円形に満ちた月が薄い光輪をまとっている。真夜中なのでエンジン音を潜めて博物館の駐車場に入っていくと、そこここで虫が鳴き競っていた。

大型バスが何台も停まるほど広い駐車場に、青く月光が降り注ぐ。藤沢本家を囲む蔵は屋根瓦が月明かりを反射して銀に照り、白壁に影さえ落ちている。ジリジリとアスファルトを踏みながら駐車場を奥へ進むと、蔵小路に近い場所に仙龍の車が停まっていた。

隣に駐車して車を降りた。夜風はかなり冷え込んで、ジャンパーを着ていても寒いくらいだ。ライトなどいらないほどの月明かりが、運転席の仙龍と後部座席のコーイチを照らしている。最初にドアを開けて出てきたのは、助手席の雷助和尚だった。

「これは娘子(むすめご)。久方ぶりであったのう」

強面(こわもて)の顔に無精髭(ぶしょうひげ)を生やして、よれよれの法衣(ほうえ)を着た雷助和尚を見ると、最近の春菜は、なぜだか安心するようになってしまった。

「ご無沙汰しています」

丁寧に頭を下げると、和尚は法衣の袂を振りさばいて数珠を出し、

「ほっほっほう」

と、呑気に笑った。笑いながら春菜に視線を注ぎ、

「はて。今宵はいつになく、女子の相をしておるの。さては不肖仙龍が、よからぬことをしくさりおったか？」と訊く。

仙龍と正体不明の美女の関係に思い悩んでいることを和尚に見抜かれ、春菜は思わず目を逸らした。こんな想いを自分だけがしているなんて、そんな自分に我慢がならない。

「不肖は余計だ。どの口がそれを言うんだ」

当の仙龍は吐き捨てて、運転席を降りるなり煙草に火を点け、ゆっくり吸った。ぽうと暗がりに灯る赤い火を、いつか見たなと思い出す。あれは仙龍と初めて会った頃だった。あれから一年以上も経つけれど、仙龍のことをまだ、何も知らない。月明かりに白く滲んでいく煙を見上げて、春菜は切ない気持ちになった。

「仙龍、ねえ。変なことを訊くけれど、今日の昼間、パグ男が入院している病院へなんて、来なかったわよね？」

細長い煙を吐き出しながら、仙龍は、

「いいや」と、答えた。

「そうよねえ」

あれから和尚を迎えに行って事情を話し、引っ張り出してここへ戻れば、そんな時間がないのは明白だ。やはりあれは錯覚か。それにしてはやけにハッキリした錯覚だったと春菜は思う。一服を続ける仙龍の後ろから、コーイチが寄ってきて空を仰いだ。

「きれいな月っすねえ。明日もきっといい天気っすよ？」

「呑気ね。これからオバケと対面するかもしれないっていうのに。怖くないの？」

オバケが大の苦手と公言して憚らなかったコーイチは、

「平気っすよ。だって俺、もう『綱取り』なんすから」

と、お腹を叩いた。隠温羅流のサラシには、そんな魔力があるのだろうか。

夜風がサラサラ鳴っているのは、屋敷の木々を揺らすからだ。それに加えて虫の音が、聞こえるほどに静寂を感じさせてくる。雲が激しく流れてゆき、月が陰ったときだった。

うぅ……あぁあぁ……

と、どこかで女の呻き声がした。一瞬で空気が凍り、仙龍が煙草を揉み消した。和尚と視線を交わして蔵小路へ向かう。春菜とコーイチも後に続いた。

井之上の段取りによれば、午前零時に館長が裏門の鍵を開けてくれることになっている。長坂が入院中なので、現場の鍵を持っているのは博物館の関係者以外では代任の小谷だけなのだ。小谷抜きで現場に入る場合は関係者に立ち会ってもらわなければ、何か破損事故があったとき春菜たちのせいにされかねない。井之上はそのあたりを含め、キチンと配慮してくれたのだった。

時刻は午前零時少し前。奇妙な声はまだ聞こえている。細長い蔵小路に月明かりが落ちて、左右の土塀が冷たく白い。裏門付近で待つことしばし、大通りのほうに人影が差して、ペタペタと草履の音を響かせながら、こちらへ走ってくる者がある。間近に迫ってきたのを見ると、それは部屋着姿の館長だった。

「ああ、どうもどうも。遅くに申し訳ないですね」

そう言って、館長は仙龍たちに頭を下げた。時々風の音にかき消されながらも、呻き声はまだ聞こえている。

「アーキテクツの高沢さんも。今回は妙なことでお世話になっちゃって」

「こんばんは。館長さん、あの声ですか？」

訊くと、館長は鍵を出しながら、

「まさしくあれ、あれなんですよ。いやね、父のときには井之上さんと昇龍さんにお世話になったそうだけど、まさかまた私の代になってから、高沢さんと、仙龍さんのお世話になるなんて思わなかった」

と、しみじみ言った。

「平屋の蔵には手をつけるなと、そういう話は確かに父から聞いていたけど、それは鉤形部分の奥座敷を守るためだとばかり。や、実際あそこがなんだったのか、私はよく知らなくってね。あそこにだけは近寄るなと厳しく言われて育ったし、実際に気味が悪いしね。それならいっそ私の代で塞いでしまえばいいんじゃないかと、そう考えてしたことが、工事を始めたとたん、人は死ぬわ、妙なことは起きるわで……」

カチャリと音が鳴るのを聞いてから、館長は裏門の扉を開けた。

「中から来てもよかったんだが、あんなことが起きるとね、さすがの私も気味が悪くて、庭を通る気にはなれませんでしたよ」

ううう……あああ……

風に混じって、また声がする。

「前に聞いたのもあれですか？」

と、仙龍が問う。

「そうです。でも、あんなものじゃありません。前のときはもっとこう、怒鳴るというか、叫ぶというか……それでも女の声だというのは一緒です」

「あれ……臭いがするっすね。なんつか、煙みたいな」

裏門の戸が開いたとたん、コーイチが鼻をひくひくさせた。同時に、けたたましい音を立てて火災報知器が鳴り出した。館長は舌打ちをして、携帯電話を取りだした。

「諭（さとし）か？　ああ。またた。きちんと確認してからな、止めてくれ。あまり再々だと、ご近所さんに申し訳ないぞ」

誰かに指示して電話を切った。

「これですよ。監視システムを引いているんですが、あれ以来、毎晩、数回は誤作動します。メーカーに調べてもらっても故障じゃないと言われますしね。いえ、火は出ていないんです。離れで鳴っているんですが、最初はその都度確認に行って……息子も私も、いささか寝不足で、ノイローゼになりそうですよ」

裏門を入ると用水池があり、離れが見える。だだっ広い庭に月明かりが落ちて、置き場に並ぶ農機具が黒々と影を引いている。裏庭に入ったとたん、春菜は思った。

「寒いわ……それに、虫の音が……」

あれほど騒がしかった虫が、突然こそりとも鳴かなくなった。用水池の向こうには、真っ黒い雨戸を閉めた離れが見える。月影が落ちても色は変わらず、月夜の庭にポッカリ空いた闇のようにも思われる。館長を含め五人になった一行は、誰ひとりその場を動くことなく裏門の前に固まっていた。

「あの離れはいったい、何なんですか」

密やかな声で仙龍が訊いた。怪異を起こすささやかな気配も、生きている人間の生気に敵わないと和尚は言う。それゆえに仙龍は声を潜める。怪異を妨げないように。

リーン……シンン……と、鉦の鳴る音がした。シャン、シャン、シャン、と、音は続く。そしてまた、ううぅぅう……と、女の呻く声がする。虫は鳴かず、風もない。凍った夜に心が浸されていくようだ。

「もともとは隠居した年寄りの部屋だったそうですが、私が知る限り使われたためしがありません。最後に使ったのは六代目儀兵衛でしょうか。爺様なんかはあそこを忌み嫌っていましてね、一度は潰そうとしたようですが、曾祖父が許さなかったと聞いてます」

「うちの棟梁の話では、七代目には子供がなくて、甥御さんを養子縁組して跡を継がせたということでしたが」

「そうです。それが私の爺様で、ここを博物館にしたのが数年前に亡くなった父で、九代目になりますか。七代目は、藤沢本家をここまで大きくした儀兵衛の長男ですが、子宝には恵まれなかったようでして……」

その腹違いの妹が、数え十七で死んだ『マサ』である。

「……まあ、爺様は養子だったので、様々に思うこともあったんでしょう。離れと蔵座敷については、身の毛もよだつと嫌っていました」

「なぜ、そんなにも嫌ったんですか？」

春菜が訊くと、館長は困った顔で振り向いた。

「私もそれが不思議でしたが、今になってようやくわかる気がします。たぶん、こんなことが過去にもあったからでしょう」

ひゅうっと一陣の風が吹き、だだっ広い裏庭に月影が濃くなった。コーイチが言ったとおりに煙の臭いを春菜も感じた。

「本当の火事じゃないんすか？　煙臭いっすよ」

「違うんですよ。火事じゃないんで。何なんですかね、この現象は」

館長がそう言ったときだった。突然、離れで誰かが叫んだ。

――そこか！　そこだな、見えてるぞ！――

甲高い女の声だった。

「聞こえた？　何？　今の」

春菜はそばにいた雷助和尚とコーイチに身を寄せた。

「また始まった。あれですよ、叫び声というのは」

仙龍がようやく歩を踏み出すと、無言で和尚がそれに続いた。

立ち木が風に揺れるのが視覚として見えているのに、風の気配すらしてこない。コーイチにくっついて春菜も歩き出し、最後尾から館長が付いてくる。

農機具置き場の前を通って、離れの正面を目指していくと、白く月明かりを照り返し、一行の足を止めさせた。通せんぼするよう差し出した腕に、緊張が漲っている。

件の蔵が鎮座している。すると、和尚がずいっと先へ出て、よれた法衣の袖を振り、一行
チーン……ンンン……と、また鉦が鳴る。

そして春菜は金縛りに遭った。

和尚も仙龍もコーイチも一瞬で視界から去り、目の前に黄色い煙が見えた。鐘鋳建設の資料室で、突然目の前に浮かんだ映像と同じだ。ただし今回は声も聞こえた。

――わかっているぞ！　おめえはりんだ！　りんだろう！　なんだい、そのボロ臭えべべは。うすらごむせえ形しやがって、そいつがおめえの一張羅かい――

少女の声だ。煙の中で叫んでいる。薄紅色の着物をまとい、帯で床の間の柱に縛り付けられている。その前で、青い松葉が焚かれているのだ。

建具が取り払われたふたつの部屋の、片側に少女は縛られて、前で祈禱が行われている。設えた護摩壇に燻る生木の煙。大声で呪文を唱えているのは、汚らしい男の祈禱師だ。その後ろには何人もの人がいて、ある者は泣き、ある者は恐れ、ある者は好奇心で濡れた瞳を光らせながら、一心に数珠をたぐっている。

狐祓いの儀式ではないかと、春菜は思った。

――これより先は秘中の秘にて。出られよ、出られよ。夜明けて拙僧が呼ばわるまでは、何人たりとも戻ってはならぬ――

祈禱師が顔を赤黒くして人払いする。身なりのよい老人に抱えられ、泣きながら出ていくのは母親だろうか。真っ白な顔、真っ赤な唇、下がり気味の眉と濡れた目が、竹久夢二の絵から抜け出た少女のようだ。柱に縛られた少女にも美女の面影があるものの、少女のほうは充血した目を炯々と光らせて、煙に向かって叫んでいる。

——あまぶれ臭え、あまぶれ臭え、ほどきやがれ、ええ、忌々しいこの野郎、くらしつけてやるからこっちへ来やがれ——

人々が去ると祈禱師は松葉に衣をかぶせ、立ち上がって、縛られた少女に向かっていった。何をするつもりか、春菜にはわかる。縛られた帯をほどこうと身をよじり続けた少女は髷が落ち、簪が額に垂れかかっている。薄紅の衣は胸まではだけ、赤い腰巻きの下に真っ白な臑(すね)が覗いている。祈禱師の卑猥(ひわい)な顔を見ていると、資料室で感じた汗の臭いと、ドブのような口臭が蘇(よみがえ)る。垢(あか)じみた祈禱師の腕が少女の衣に掛かったとき、霧のように残る煙の中に、春菜はもう一人の影を見た。絢爛豪華な花々を染めた青い着物。縛られた少女よりもわずかに年上と思える美しい女が、煙の中で笑っているのだ。

きゃあぁーあっ！　ぎゃあぁーあっ！

現実に耳を劈(つんざ)く声がして、春菜はハッと我に返った。

我に返って、そばにあった腕を摑んだ。摑まれたコーイチのほうは春菜よりもずっと恐怖に強ばり、泣き出さんばかりの顔をしている。

その瞬間、通せんぼしていた和尚を突き飛ばし、仙龍が離れに走った。廻(まわ)り縁(えん)に駆け上がり、離れの雨戸を引き開ける。次いで破れた障子も開けると、月明かりの庭に一塊の黄色い煙が漂い出た。煙だけで火の手は皆無だ。

「コーイチ、光だ。ライトを点けろ！」

仙龍の声にコーイチは反応し、すぐさまペンライトで離れを照らす。春菜と館長も金縛りが解けたように駆け出して、離れの前に集まった。

「あっ」

叫んだのは館長だった。顔をしかめて鼻を覆って、ペンライトが照らす先を見ている。破れた障子のその奥は立派な和室になっていたが、床の間の柱に帯が巻き付いて、床に点々と血が落ちている。それだけではない。敷かれた畳が傷になり、五本の線が長く筋を引いていた。見れば畳の随所に、生爪が剝げたような跡も見て取れる。

ただ、それだけで人影はない。あるのは生々しい陵辱の痕跡と、饐えたような体臭と、松葉を焚いた臭いだけだ。

突然、春菜の体が震えた。震えは体の芯から発し、止めようと思っても止めることができない。異常に気づいたのは和尚が先で、

「おい！　仙龍」

と、仙龍を呼んだ。土足で廻り縁に上がっていた仙龍が、飛び降りて、駆けてくる。

「うわ、どうしたんすか、大丈夫っすか、春菜さん」

コーイチが春菜にライトを向けても、春菜は声すら出せなかった。自分の体が自分のものじゃないみたいだ。震えは次第に大きくなって、ついに春菜は地面に倒れた。なんで？　どうして？　やだ、みんなが心配するじゃない。心はそう叫んでいるのに、目を閉じるこ

とも、声を発することもできない。そうして心のもう一方で、春菜は理解してもいたのだった。

これはあの少女の怒りと怨み、そして呪いだ。

遠い昔、彼女は離れで狐祓いの儀式を受けて、一晩中、薄汚い祈禱師の慰み者にされたのだ。床の間に残る破瓜の跡、逃げようともがいた畳の爪痕、迷信まみれの胡散臭い儀式のせいで、彼女は本物の狂女にされた。全身を貫く怒りと憎しみ、少女は男を心底憎み、憎みながらも性の快楽に酔わされた。恐怖、暴力、陵辱、破壊。生死の狭間に侵入してくる羞恥と穢れ、そして悦び。それらを受け止めきれなくて、春菜は激しく震え続けた。

「しっかりしろ」

と、抱き起こされて仙龍にしがみついたとき、春菜は自分が両手の爪を研ぎ、彼を引き裂く幻を見た。足りず首筋に歯を立てて、首の肉を嚙みちぎろうとしたときに、頭から本物の水を浴びせられた。

「冷たいっ！」

思わず叫んで頭を振ると、あれほど激しかった震えが止まった。

気が付くと、ガッチリと仙龍に抱きついたまま、春菜はずぶ濡れになっていた。

「正気にもどったようだわい」

カラカラと笑うのは和尚で、彼は薄汚い木桶に池の水を汲み、春菜に浴びせたのだった。

「何するのよ！　冷たいじゃない」

立ち上がって首を振り、水滴を振り飛ばそうとしたのだが、水はすでに下着にまで染みて、ズボンも靴もびしょびしょだ。コーイチが貸してくれたタオルで顔を拭き、春菜は、

「っくしょん！」

と、洟をすすった。

「何が起きたか、わかるかの？　珍しくもおまえさんに嫉妬の萌え芽があったので、そこにまんまと付け込まれたのじゃ。危うく仙龍を取り殺すところじゃったぞ」

「うそよ」

仙龍を振り返って見ると、彼は濡れたまま、すでに館長と話をしている。

「春菜さん、一瞬もっのっすっごい形相だったっすよ。俺、マジでビビりましたもん」

冗談ではなくコーイチも怯えている。

「サニワなれば強い障りに感応したのじゃろうて。何を感じた？　ま、ここで話すことでもないが」

そう言って、和尚は桶に残った用水池の水を、近くの植木に振りまいた。

空には月が明るくて、いつの間にか虫の音が戻っている。春菜はもう一度離れを見たが、柱に絡みついた帯は本物で、射し込む月明かりに畳の爪痕が線を描く。

そういえば、色っぽい年増女といる仙龍に嫉妬したわと、春菜は思った。

でも、幻に見たのは少女だった。歳の頃は十六、七。下ぶくれできれいな顔をして、黒々と大きな瞳の美人だった。その顔に狂気が宿る禍々しさ。口から泡を吹きながら、少女は誰かを罵っていた。

――おめえはりんだ！　わかっているぞ！　――

「……りん……」

「なんすか？　なんか言ったっすか？」

「いえ。なんでもないわ」

春菜はぶるんと頭を振った。

りん。少女はそう叫んでいた。彼女が祈禱師に襲われたとき、それを見ていたもう一人の女は誰だろう。青地に絢爛豪華な花を染め抜いた、美しい着物を女は着ていた。あの着物……たしか、どこかで……

「主屋へ行こう。このままでは風邪をひく」

考えていると、仙龍がそばへ来てそう言った。

「今夜はもう何も起こるまい。館長が着替えを貸してくれるそうだから、主屋で話をすることにした」

すでに裏門のほうへ体を向けて、館長が春菜らを手招きしている。

「とにかく早くここから出ましょう。気味が悪くていけません。早く、早く」

仙龍とコーイチが再び離れの雨戸を閉めると、春菜は和尚に連れられて、館長と一緒に蔵小路へ向かった。ぐるりと半周する形で表門まで辿り着き、潜り戸を通って主屋に至る。広大な敷地を持つというのも、なかなか難儀なことではあった。


ようやく明かりの下に通されたのは、主屋に併設された管理人室だった。そこには諭という館長の息子が待っていて、人数分のお茶を用意してくれた。お茶よりも般若湯を賜りたいなどと失礼を言わぬよう、和尚の隣にはピッタリとコーイチが張り付いている。

「寒かったんで、温かいお茶は嬉しいっす。ね、和尚、ねっねっ」

コーイチは和尚に湯飲みを握らせて、強引にお茶を勧めた。

仙龍はタオルで体を拭いてよしとしたが、ずぶ濡れになってしまった春菜には、博物館で職員が制服としている赤い作務衣が貸し出された。隣の部屋をあてがわれ、着替えて戻ると、テーブルに広げた古紙のようなものを、みんなで眺めているところだった。

「やいや、春菜さんは何を着ても似合うっすねぇ」

コーイチが顔を上げてニカッと笑う。そのときに、紙の表が春菜にも見えた。

「……家系図ですか？」

訊くと館長が姿勢を正して頷いた。

「斎場でお目にかかったとき、井之上さんから家系図を示して相談してほしいといわれたものの、本心として、お目にかけるつもりはなかったんです。博物館に展示してある家系図や年表は、当たり障りのないことしか書いてありませんのでね。けれど、前回のときも、父がこの家系図を昇龍さんに見せていたのは覚えています。あのときはバカなことをしてと思ってましたが、今夜のあれを見て思い知りました。バカは私のほうだった」

館長は応接用のソファから立ち上がり、自分のいた場所に春菜を座らせた。

「どうかしっかり見てやってください。そうして、あれをなんとかしてください」

藤沢本家の初代とされる仁左衛門（にざえもん）は、江戸中期に菜種油の振り売りからはじめて徐々に商売を軌道に乗せ、様々なものを商う総合問屋になったのだという。

「うちは菩提寺を持っていましてね、そこへ行くと小さな墓も幾つかありますが、夭折（ようせつ）した子の中には記録の残っていない者もおるようです」

仙龍、コーイチ、和尚、そして春菜が掛けたソファの脇に、館長とその息子が立っている。家系図をめくって、嘉永（かえい）三年（一八五〇）生まれの六代目藤沢儀兵衛が出てきたところで、仙龍は静かに言った。

「そちらは問題ないでしょう。蔵座敷の様子などから、昇龍は、さほど古い因縁ではないと見切ったようです。逆にいえば、古くない因縁は浄霊が難しい。だからあの場所を禁忌として、因で塞いで守ったのです。知りたいのは幕末から昭和初期。六代目儀兵衛さんとその周辺の事情です。失礼ながら、藤沢家に怨みを抱く人物に心当たりがありますか？」

仙龍が訊くと、館長は家系図を見下ろして、

「ありますなあ」

と、即答する。部屋着の袖に腕を突っ込み、胸の前で抱えるようにして館長は、隣の息子に目をやった。息子の諭はまだ二十代。いずれ館長を継ぐ立場のようだ。

「できれば私の代でうやむやに終わらせようと思っていたことですが……。すでに二十一世紀ですしね。でも、こうなれば諭にも話しておこうと思います。いや、博物館の経営も軌道に乗って、様々なことを迷信と決めつけて、忘れ去りたかったのが本当なのかもしれませんがね」

館長はそう言うと、腰を屈めて藤沢儀兵衛を指さした。

儀兵衛は二度結婚しているが、最初の妻の名前は『ヨノ』で、後妻の名前は『ヤナギ』であった。ヨノには息子が四人いて、長男は儀兵衛亡き後、継母のヤナギを本妻に迎えたが、子宝に恵まれず、甥っ子を養子に迎えて八代目を継がせたのだ。

「商売上の敵も多かったのやもしれませんがね、この家に怨みを抱く者がいるとすれば、儀兵衛の最初の妻、ヨノさんでしょう。後妻のヤナギは由緒正しい家から嫁に来たことになっていますが、その実態は鶴賀新地あたりの遊女だったようでして。儀兵衛がぞっこん惚れ込んで、先ずは世話係として離れに引き入れ、後に親族の反対を押し切って女房にし

たと聞いてます。ヤナギは儀兵衛との間に娘を二人産んでいますが、長女は死産で、次女も若くして病死しました。まあ、結果としてヤナギは嫡男にも恵まれず、そういう意味ではヨノさんの勝ちといいますか……爺様の言うことには、議員さんに金を握らせてヤナギを養女にとらせてね、形だけ家柄をくっつけた感じで、その実は仙二村から売られてきた下賤(げせん)の女と嫌っていました」

「仙二村……」

まさしくヤナギは筋持ちの村の出身だったのだ。春菜は仙龍とコーイチを見た。和尚だけがソファにふんぞり返って目を閉じている。口を半開きにして、本当に眠っているのかもしれなかった。

「後妻さんが来たってことは、ヨノさんは亡くなったんすかね？　あれ、でもそうすると」

「そうじゃないから怨んだんですよ。ヤナギを家に入れるため、ヨノさんは追い出されたようなものなんです。それで結局、分家で次男の世話になっていました。次男夫婦には娘が二人あったんですが、下の娘が生まれてすぐに、流行病(はやりやまい)で次男夫婦は二人とも亡くなりまして、結局はヨノさん独りで二人の孫を育てたようで、そのヨノさんも死んでしまうと、姉のほうは町へ出て、妹はここで奉公していたようです。姉が引き取りに来るまでね」

そうだ。と、館長は顔を上げ、

「諭、あれを持ってきてくれ。ほら、爺様が仏壇に飾っていた古い写真を」

と、息子に言った。息子は黙って部屋を出ていった。

「その姉妹の名前もわかりますか？」

当然ながら本家の家系図にはヨノの四人の息子と、ヤナギの子マサまでしか記載がない。

「いやぁ、そこまでは……」

と、館長も首を傾げた。

「では、『りん』という名前に聞き覚えはないですか？」

続けて春菜が問うと、館長は、「さて」と、言った。

「言われてみれば、展示物につける印が『りん』でしたなあ。親父の代からやっていることなので、大して気にも留めていませんでしたが、はて」

と、館長は仙龍に顔を向け、

「それは仙龍さんのほうがご存じなのでは？」と、訊いた。

「いえ。残念ながら、そのあたりの資料を昇龍は残していないのです」

父さん。と、声がして、諭が奥から戻ってきた。黒い台紙に貼り付けた古い写真を二枚、見やすいように方向を変えて館長に渡す。折り畳んだ台紙を開いて、保護用に掛かった薄葉紙をめくると、彼は思いだしたように、「あ、そうか」と、春菜を見た。

二枚の写真を家系図の上に広げながら、興奮したように言う。

「なんで今まで気づかなかったか。見てください、この写真が『りん』ですよ。今話したヨノの孫。次男夫婦の姉娘です」

セピア色をした二枚の写真は、当時のブロマイドのようだった。

一人はかわいらしい島田髷。しぼりに花の簪をあしらって、和装で鼓を叩いている。下ぶくれでぷっくりとした唇ながら気の強そうな目をした美人だ。

もう一人は前と左右に髪が張り出す庇髪。髪型からもやや年上と見え、瓜実顔で切れ長の目の、こちらも大層な美人だった。

「あっ」

と、春菜は息を呑む。間違いない、この二人を知っている。館長が『りん』だとするのは庇髪の女性のほうで、着物の胸元に手を置いて、媚びるような目でこちらを見ている。

「すっごい美人さんたちですねえ」

美人と聞くや雷助和尚が目を開けた。「おう、これはこれは」と、身を乗り出すと、

「二百三高地髷じゃのぅ。明治大正の頃にはな、町の写真館が俳優の写真を撮って売るのが流行ってな。美女であれば一般人の写真もまた、密かに流通しておったのじゃ。が、それにしても凄まじいほどの美形よのう」

そう言って、和尚は口のまわりを拭った。

「和尚さんの仰るように、当時の糀坂町あたりでは、ふたり小町と称えられていたようですが、二百三高地を結っているほうがヨノさんの孫の『りん』。島田髷のほうがヤナギの娘の『マサ』ですよ。いや、気づかなかったなあ。展示物につける印はまさか、この『りん』と関係があるんでしょうかねえ？」

春菜は二の句を継げなかった。黙っていると、仙龍が写真を手に取って、

「このマサという女性ですが、若くして亡くなっていますよね？」

と、館長に訊いた。館長は頷いた。

「まあ、それもあって爺様が養子に入ったわけですが、不幸なことに、マサは婿を迎える婚礼直前に急逝したそうですわ」

そして、「まさか」と、仙龍を見た。

「離れで聞こえたあの声は、マサのものだというんですか？」

ご名答。春菜はそう言いたかったが、黙っていた。島田髷で鼓を叩く写真のマサは、間違いなく、離れで床の間に縛られていた少女だった。そして、彼女が陵辱されるのを笑って見ていたもう一人の女は、りんという娘に違いなかった。

「この写真を、写させてもらっても？」

館長の問いには答えずに、仙龍は写真を引き寄せた。許可を得てコーイチに写真を撮ら

せる。そして、

「声や怪異に関してですが、性急に結論を出すべきではないと考えます」

と、館長に答えた。

「そうはいっても、こちらはオープンを控えてるんでね。高沢さんもご存じのように、すでに宣伝を始めているし。新装に合わせて旅行代理店がツアーを組んだり、町の観光課の力も借りているし、日程を変えることはできません」

春菜が座るソファの空きスペースに、館長は強引に座り込んできた。すでに経営者の顔をして、脅すように仙龍を見ている。

「うちの財団法人の信用にかかわる問題です。商人は信用が命ですからね」

仙龍は家系図に目を落としたままで、

「即答はできません。せめて考えをまとめる時間をください」と、言った。「明日……もう今日ですが、夕刻までには返事をします」

そんなことを軽々しく口にするのかと、問い詰める顔を和尚はしたが、仙龍は、それを無視して立ち上がった。ここを出ていくつもりと察して、滑り込むように春菜が訊く。

「この、りんという人ですが、その後の消息はわかりませんか？　もしくはその妹さんの」

「いや、さっぱり。ヨノさんが亡くなってから、姉は町へ、妹は、ここへ奉公に来ていたことまでしかわかりません」

「マサさんが亡くなったのもその頃ですか?」

館長は首を傾げた。

「どうなんですかね、その辺は……なにせ百年近く昔の話で、戸籍を調べてみるしかないんでしょうが……私のほうで確認しますか?」

「お願いします」

と、春菜は言い、作務衣姿で管理事務所を後にした。


帰りは表門を出て、蔵小路を通らずに駐車場へ入った。すでに月は雲に隠れて、広い駐車場にひとつきり点いた外灯の上を、雲が激しく移動している。薄い作務衣が風を通して、春菜は思わず身震いをした。

「ねえねえ、ちょっと聞いて」

先頭を行く仙龍を追いかけて、春菜はその前に出た。

雷助和尚とコーイチが、仙龍の両側で立ち止まる。

「私見たの。さっき、離れで」

「何を」

と、仙龍が短く訊いた。藤沢本家は嘘のように静まりかえって、地面に激しく影が蠢く。澄み切った空に輝く月が、雲の模様を描いているのだ。

「狐祓いの儀式をやってた。マサという娘を柱に縛って、松葉の煙で燻していたのよ」

仙龍は和尚を見下ろした。和尚のほうは数珠を握って、「ふむぅ」と低く唸り声を上げた。

「叫び声は彼女のものなの。呻いたり、悲鳴を上げていたのはその娘さんよ、マサという」

「是は為たり。加持祈禱を行う素振りで家人を退け、あとは拝み屋の手籠めにされたということか。あの悲鳴はつまり、そういうことであろうよのう。女子は犯すものでなく、愛でるものであるというのに。してみれば、畳に爪痕が残されたのも、燻し臭さに報知器が鳴るのも、叫び声にも納得じゃわい」

まるで自分が辱めを受けたかのように、春菜は歯を食いしばった。

「彼女は正気だったのよ。狐憑きなんかじゃなかったと思う」

「なんでそう思うんすか?」

「声を聞いたでしょ? おまえはりんだなっていう声を」

「聞いたっす」

「幻のようにも思うけど、私、煙の中にりんを見たの。青い着物を着て……」

説明しているそばから、春菜はあることを思い出した。青い着物。絢爛豪華な花々をちりばめた極彩色のあの着物。その柄に見覚えがあったのは、前に目にしていたからだ。

ここが博物館になったとき、展示物が破損する事件が頻繁に起きていたという。その被害状況は、井之上が写真に残していた。細かく裂かれて井戸に捨てられた振り袖は、煙の中に佇んだりんが着ていた着物であった。

「どうした?」

と、仙龍が訊く。

「いいえ」

と、春菜は答えた。

その横で、コーイチがスマホを取り出した。高速で画面をスクロールしている。

「そしたら俺は閃いたっす。春菜さんの言葉でピンと来たんす。ちょっとこれ見てもらえませんかね? 小林先生に渡した手帳の落書きなんすけど」

画面を向けてくるので、春菜も和尚も仙龍も、小さな画面に注目した。映っているのは赤い着物の男を描いた落書きだ。コーイチは指を使って、その一部を拡大していく。

セツサン。オヂヤウ。ゴリヨンサン。オレ。アネサン。

指は画面をなぞってゆき、文章の一部で手を止めた。全文を読めるギリギリの位置で、文字列をできる限り拡大する。

――オヂヤウモ　キツネ　ト　イフケンド、アレハ　キツネ　ヂヤナクテ　アネサ――

ぷつりと文章が切れていた箇所だ。

「あれは狐じゃなくて、姐さん……の、せい？」

なんとなく、文脈の通る言葉を呟いてみる。

「ビンゴ！」と、コーイチは指を立てた。

「そうっすよ。そういうことだったんじゃねえっすか？　赤い着物の男同様、お嬢にも狐が憑いたとみんなは思っているけれど、本当は狐が憑いたんじゃなくて、姐さんのせいだって」

「マサとりん。ふたり小町と謳われた美女らの関係は、はてさて、どういうものだったのかのう？」

和尚が指で無精髭をさする。

六代目儀兵衛と後妻ヤナギの間に生まれた娘マサ。

六代目儀兵衛と本妻の間に生まれた次男の娘りん。

片や豪商の藤沢本家で何不自由なく育ち、片や両親を亡くして祖母であるヨノに育てられ、ともに美貌の持ち主で、ふたり小町と謳われた。彼女らに確執はあったのだろうか。

今となっては当時を知る者もない。

「姐さんのせいで狐憑きにされたって、いったいどういうことかしら？　姐さんって？」

「りんの妹は、ここで奉公していたんすよね？」

周囲がしんと寝静まっているから、囁くような声になる。春菜とコーイチの言葉を聞いて、仙龍がボソリと言った。

「手帳の持ち主ミキは、りんの妹か？」

一同が仙龍の閃きに打たれたとき、彼のスマホがブルブル震えた。寝静まった町に配慮して、仙龍が車に乗ったので、和尚は隣に、コーイチは後ろに、春菜もコーイチの隣に乗り込んだ。ドアを閉め、窓も閉め切った車の中で、仙龍は電話を受けた。

「小林教授だ」

短く言って、スピーカーフォンにセットする。

「こんな時間ですが、起きていますよねえ？」

呑気そうな声がした。

「博物館へ行くと言ってましたからね？　それで、どうでした？　何か成果はありましたか？」

「いい勘をしてますね。ちょうど博物館を出るところです。教授こそ、こんな時間に……もう二時過ぎですが」

言いながら、仙龍は後ろを向いた。好奇心を満たすためにはどこまでも貪欲な小林教授に、呆れたような顔つきだった。

「すぐに知らせたいことがあったので。一刻を争うことですよ」

小林教授は語気を強める。

「亥月亀女さんのことがわかったのです。狭い世界だったこともありますが、出版元が小さな会社で、ほとんど家内工業のように発行部数千部程度の学術書を手掛けているため、顧客リストがすべて残っていましてね。いやあ、素晴らしい。私も次はこの会社から本を……」

「それはいいですから、亥月亀女さんのことを」

後部座席から春菜が言う。教授は「そうでした」と、答えて先を急いだ。

「亥月亀女さんはご健在でした。御年百歳になるそうですが、長野市郊外の老人福祉施設に入居されていることがわかりました」

「近くじゃないすか。すげえっす」とコーイチ。

「当然ながら亥月亀女は筆名でして、本名を藤沢巳亀（みき）というようです。大正六年巳年（みどし）生まれの百歳ですが、ご長寿なのは、名前が功を奏したのやもしれませんねえ。当時は流行病などで新生児の死亡率が高かったものですから、鶴や亀など、縁起の良い字を名前に当てて、我が子の長寿を祈ったのです。巳年生まれの亀で巳亀。このセンスには泣かされました」

「藤沢ミキ」

春菜は唸った。しかも名字が藤沢だ。

「亀女さんは独身ですか？」

訊くと教授はこう言った。

「そうですね。生涯独身を貫いたようです。現役を引退してからは、当時の風習や生活など、持てる知識を本の執筆に充ててくださっていたようで、自費出版がご縁で郷土出版さんと懇意になって、社長さんがよくお見舞いに行かれるそうですが、百歳とは思えないほど矍鑠とした才女だそうです。古い手帳の名前はミキで、亀女さんの本名も巳亀。私がどれほど興奮したか、わかっていただけると思いますがねぇ」

「夜が明けたら会いに行ってきますから、施設の名前を教えてください」

教授は自分も行くと言って譲らなかったが、相手が高齢のこともあり、あまり大勢で押しかけるのもどうかと思う。先ずはおおよその事情を把握している春菜と仙龍が会いに行き、後に教授を紹介すると約束すると、教授は、年齢も年齢だからこれが千載一遇のチャンスかもと押してくる。そこで仙龍が、古い手帳が彼女のものか、最初に確認すると説得し、教授はようやく納得した。

電話を切ると、助手席でいきさつを聞いていた和尚が、

「これでおおよその見当がついたわのぅ」

と、静かに言った。

「座敷牢から出たモノは、若くして死んだマサという娘。離れでその身に『因』を受け、

呪いを生じて鬼となり、座敷牢に閉じ込められて、怨嗟を吐きつつそこで死に、今もなお、怨み晴らせず迷うておるのだ」

「まだわからないことがあるわ。忍び門に通った赤い着物の男のことと、りんという亀女さんの姉。この二人は今回のことと、どう関係しているの？」

「ほかにもあるっすよ。六代目儀兵衛の後妻だったヤナギさん。彼女は赤い着物の男と同じ、仙二村の出身なんすよ。この村は憑き物筋で、由緒正しき藤沢家にとっては、生まれが禁忌だったはずっすよね。彼女を見初めた儀兵衛さんは、そのことを知ってたんすかね？」

「知っていたから一旦名家へ養女に出して、戸籍を洗って結婚したんでしょ？」

「や。コー公の言うことにも一理ある。花街の女の素性など、酔客が気に病む無粋もなしじゃ。儀兵衛がそれを知ったのがいつなのか、そこが問題やもしれんのう」

「……おらの娘はお大尽公の妾になった……？」

「え？」

仙龍が呟いたので、春菜が訊く。仙龍は、運転席からまた振り向いた。

「おらの娘はお大尽公の妾になった。亥月亀女が書いた『囲炉裏端夜話』の一節だ。女物の赤い繻袢を着た男が、狐に憑かれて口走ったという。娘とは誰だ？　お大尽公は誰を指す？　一刻の間に長い距離を移動したというこの男は、どこで繻袢を手に入れたんだ？」

仙龍の目が光っている。

「まさか……」

と、春菜は口元を抑えた。

「そうだ。そう考えればひとつにつながる。彼の娘は藤沢儀兵衛の妾になって、後に本妻を追い出すと、正妻の座についたんだ」

「赤い着物の男はヤナギの父親だというの？」

「なるほど。ヤツは娘が商家の妻になったことを、喜んだのやもしれんのう。正気を失ったゆえに長い道のりをものともせずに、娘に会うためここへ通った」

「恋しくて？　それとも、お金の無心？」

「今となっては知る術もないが、ヤナギのほうは煙たかったことじゃろう。奉公人の目もあるし、出入りする業者の目もあろうでな。表門などは是非に及ばず、奉公人が出入りする裏門も不味いとなれば、尊い忍び門から引き入れて……」

和尚はそこで言葉を切ると、

「犬畜生にエサをやるように、糯袢を投げ与えたのであろうよなあ」

と、男を哀れむように頭を振った。

「やや、もしかして……俺、今、空から降ってきたんっすけど」

コーイチはそう言うと、和尚のヘッドレストをがっしり摑んだ。

「肌襦袢って、要するに下着っすよね？　下着だから人目に触れない。だからヤナギさんは襦袢を与えた。着物だと、御寮さんが着ていた品だとわかっちゃいますからね。で、ここまではたぶんそのとおりとして、実際は、襦袢よりお金をあげたほうがまだ目立たないっすよね？　気の触れた男だったとしても、女物の肌襦袢を着てたら目立ちますもん」

「それはそうよね。じゃあ、なぜ肌襦袢だったのかしら」

春菜が訊くと、コーイチはゴクリと生唾を呑んだ。

「儀兵衛とヤナギだったたんじゃないっすか？　赤い着物の男を山で殺しちゃったのは」

「襦袢は目印だったのか。子供らに小遣いをやって、すり身を付けさせるための」

仙龍が補足する。

「赤い襦袢は目立つものね。子供に囃し立てさせて、既成事実を作った上で……彼を山に連れていき、野犬に襲わせて殺したってこと？　ヤナギの素性を言いふらすのをやめさせるために」

「ただの想像なんすけどね」

車の上に煌々と、月の光が降り注ぐ。すでに月は眼前になく、車内から見えないというのに、駐車場も、奥の景色も明るくて、静寂な光に満ちている。コーイチに降ってきたという閃きが、なぜなのか、真実であろうと春菜には思えた。

「だから男は、死んでからも忍び門に通って、儀兵衛を取り殺したのね」

「誠に諸刃の剣よのぅ。現世の男を幽霊と呼んで、自ら凶事を呼び込んでしまったという、これも因縁。因に生じた悪縁を、結んだのが己とわからぬままにな」

すうーっと気温が下がった気がした。駐車場だけでもかなり広さがあるが、その脇には蔵で囲まれた三千坪あまりの屋敷が眠る。一族に限らず、使用人や出入りの業者、そして市井の人々など、数百年にもわたる営みが、今も綿々と息づいている。

「ではとりあえず、今夜のところは戻ろうか」

仙龍がそう言ったので、春菜も車を降りることにした。ドアを開け、地面に降り立ってドアを閉め、会釈だけでもしようと運転席の仙龍を見ると、彼はハンドルに掛けた手を仰向けて、怪訝そうに指を開いた。その仕草が不自然で、春菜は運転席から目が離せない。仙龍は広げた指の間から、もう一方の手で何かをつまみ上げた。助手席の和尚がそれを見ている。絡んだ蜘蛛の糸を引っ張るように仙龍がつまみあげたものは、よく見えない。

「どうしたの？」

訊くと運転席の窓が開いた。月明かりに映り込んでいた自分の顔が、仙龍のそれと入れ替わる。

「見ろ」

と、仙龍が短く言った。片方の指先に、見えにくい何かをつまんだままだ。

「げっ」

後部座席でコーイチが悲鳴を上げた。

「なんすか、それ、ヤバいんじゃねえっすか、社長」

仙龍が指先につまんでいたものは、数十本にも及ぶ黒髪だった。

其の六

浄霊に能わず

長野市の外れ、山々に囲まれて長閑な田園風景が美しい西山地区に、藤沢巳亀が暮らす老人福祉施設はあった。昨晩博物館の駐車場で別れてから、家に戻って仮眠を取って、熱いシャワーで目を覚まし、会社のタイムカードを押してから、春菜は仙龍とともに『ととっ毛の里・悠々ホーム』へやってきたのだ。

あのあと仙龍らは和尚を乗せて鐘鋳建設へ戻ったが、ここ数日の勝負であろうと言って、和尚は事務所に居座りを決め込んだということだった。

「和尚にはコーイチを付けてある。今頃は棟梁と今後の算段をしているはずだ」

「今後の算段って?」

行く手に見えるのは山また山だ。紅葉は高みから徐々に下がってきて、周囲の森が色づきはじめた。昼夜の寒暖差が大きくなると、一気に鮮やかさを増すだろう。

今日は長坂が出てくるだろうか。長坂が来る前にすべてを終わらせて、あそこを塞いでしまえるだろうか。

山々の紅葉や、その上に広がる青空を眺めながらも、春菜はジリジリと焦っていた。

「仙龍に絡み付いていた髪の毛のことも、ちゃんと相談してくれているのよね?」

「死霊が俺に目をつけたらしいと、その点では、棟梁と和尚の意見は一致している」

優雅にハンドルを切りながら仙龍が笑う。とたんに春菜は目を剝いた。

「なに呑気なことを言ってるの、死霊に目をつけられたって……冗談じゃないわ」

一瞬だけ春菜に目を移し、仙龍はまた前を向く。

「俺は吉兆だと思っている。なんであれ、死霊の気を引く手立てが見つかったんだ。座敷牢の死霊はマサだ。儀兵衛にすれば、老いてようやく授かった娘。しかもヤナギの血を引いて小町と呼ばれる器量よし。帯、着物、櫛、簪、浴びるほどの贅沢品を与えて、蝶よ花よと育てたことは想像できるが、それに狐が憑いたとされて、儀兵衛は戦いたことだろう。

小林教授の話では、当時狐憑きは隔世遺伝すると思われていたようだ。赤い着物の男がヤナギの父親だったとするならば、その現象はヤナギの代には出現せずに、マサの代に出現する。儀兵衛の長男もそれを知っていたならば、ヤナギと籍を入れながら子供を儲けなかった理由はたぶん、それだろう」

確かにそうだと春菜は思った。だから甥を養子に迎えて、藤沢本家を継がせたのだ。

「また別に、何不自由なく育ったマサが狐憑きとされ、その身に受けた仕打ちはあまりに惨い。その惨さゆえ、衣装や帯や簪だけで、まんまと昇龍におびき寄せられた理由が、俺はわからない。たかが着物や簪に、どうしてそこまで執着したのか」

「ほかにも何かあるというの？　衣装やヒトガタのほかに、マサをおびき寄せた秘策が？」

「和尚と棟梁が資料と首っ引きで探っている。今回も死霊を座敷牢へおびき寄せられたとして、少なくとも俺が因を結ぶ間は縛っておく必要があるからな。それに、できれば今回は、手荒な真似はしたくない。マサに起こったことを思えば、彼女が男を取り殺したくなる気持ちもわかる」

　憑き物に同情するなんて、莫迦じゃないのと憤りながらも、そこが仙龍の真っ直ぐなところだと春菜は思う。仙龍が因を結ぶのを見たことがあるから余計に、あの座敷牢でそれをすると想像しただけで怖気立つような気持ちもする。

　本当に、そんなことができるのだろうか。そうしてそれを可能にするには、圧倒的に情報が足りていないのだ。

「亀女さん、当時のことを覚えていてくれるといいわね」

　山際に立つ道の駅を通過した先で、道は二股に分かれていた。隣の市へ向かう国道ではなく、さらに山へと向かう道へ仙龍はハンドルを切る。

　ふいに、今なら、と春菜は思う。今なら、綱取り式の日に見た美人は誰なのか、仙龍に訊くことができるのではと。そして、答えを聞いたらその後どうするの？　と、また考える。私と仙龍には仕事上の付き合いしかない。しかもその付き合いは、因だの縁だの祟りだのと、よくわからない原因がなければ発生しない。

「はぁ……」

思わず知らずため息をつくと、

「疲れたか？」

と、仙龍が訊く。不用意に春菜を刺激する優しい声と訊き方だった。

「ギャップ萌えとかやめてよね」

こんなときにも突っかかってしまうのは、ドキンと心臓が鳴ったからだ。

「は、ギャップもえ？　なんだそれ」

「いっつもぶっきらぼうのくせに、なんで突然そういう言い方してくるのよ？　疲れてなんかいませんよ、若いんだから」

「そりゃ悪かった」

そのまま会話は途切れてしまい、気まずい空気が車内にこもる。莫迦莫迦莫迦と、春菜は漢字で自分を罵った。

稲刈りを終えて、はぜ掛けされた稲束(いなたば)が並ぶ田んぼの中に、『ととっ毛の里・悠々ホーム』は建っていて、前庭で揺れるコスモスの上に、たくさんのトンボが舞っていた。二人は車を降りてホームに入り、介護福祉士の案内で、長い廊下を個室へ向かった。

「巳亀さんにはご家族がおられないので、お客様がおいでになるのは珍しいですよ。ええ。昔はね、好き合った仲の人もいたようですが、戦争にとられたり、交通事故に遭ったりと、不幸が続いて結婚は諦めたと言っていました。明るくてしっかりしたお婆ちゃんで、社交的なんですが、特定の誰かと親しくなることは好まれないようで、私たちに甘えることもなさいません。百歳とは思えないほど、しっかりしていらっしゃいます」

長い廊下は突き当たりがピクチャーウインドウになっていて、田んぼの奥に北アルプスを望むことができる。あと二ヵ月もすれば、あたり一面が真っ白な雪に覆われるだろう。澄み切った青空に北アルプスがそびえ立つ見事な景色を想像していると、強い白粉の匂いが脇を通った。

あれ？　と、思って振り向くと、和服姿の若い女がホールのほうへ行くのが見えた。後ろ姿だけでも美人とわかる。長い黒髪を束髪にして、赤い簪を挿している。帯も着物も大正ロマンふうで、それが細い腰となで肩によく似合う。見とれていると、

「こちらが巳亀さんのお部屋ですよ」

と、介護福祉士は教えてくれた。赤い山茶花のマークがついた部屋だった。

ノックしてドアを開けると、さっきの美人の残り香が、まだ密やかにたゆたっていた。

藤沢巳亀は車椅子の小さなお婆ちゃんで、ニット帽子を目深に被り、茶色いフレームの大きなメガネを掛けていた。ベッドがひとつ、チェストがひとつ、机がひとつの簡素な部屋で、車椅子に乗って机に向かい、なんとパソコンを操作している。振り向いた顔は血色

がよくて、とても百歳とは思えない。ピンク色の肌に知的な眼をしているが、顔立ちはどちらかと言えば扁平で、小鼻の張ったガッチリとした印象だ。炭鉱や飯場などで働いている逞しい女のようで、ふたり小町と呼ばれたマサともりんとも似ていない。

「はい、いらっしゃい。何かお話があるそうで？　先ずはどちらさんでしたかねえ」

器用に車椅子を回しながら、巳亀は仙龍と春菜に体を向けた。他人の手を借りずとも、相応の応対はできるらしい。ではごゆっくりと二人に告げて、介護福祉士が部屋を去る。

「曳き屋の仙龍という者です。糀坂町の藤沢本家のことで伺いました」

仙龍は礼儀正しくお辞儀をすると、巳亀に春菜を紹介した。

「彼女は藤沢本家博物館で展示企画を担当している広告代理店の……」

「高沢です」

と、春菜も丁寧にお辞儀した。

「さっき、綺麗な人が来ていましたね？　廊下ですれ違って、驚いちゃいました。着てらしたのは本物の銘仙かしら。それともレプリカ？　すみません。職業柄、お召し物に目が行っちゃって」

すると巳亀はニッコリ笑い、

「お客さんの椅子がないからねえ、ベッドに掛けてもいいけれど、いっそラウンジへ行きましょうかね？」

と、訊いてきた。机の脇は大きな窓で、通風のため開けた隙間に舞い込む風が、カーテンを揺らしている。

「いえ。このままで」

仙龍はスマホを取り出すと、コーイチに撮らせた手帳の写真をモニターに映した。

「伺いたいことが幾つかあります。ひとつがこの手帳ですが」

巳亀に見せると、彼女はメガネを掛け直し、モニターをじっと見つめた。

「藤沢本家で使われていた、古い文机から見つけたものです」

「ありゃまあ……おれのだがや。おしょーしなぁ」

巳亀は小さく呟いた。

「こんなもんが、どこに残っていたかいね？　お嬢に盗られて、とっくのとんまに燃やされちまったと思っていたが」

モニターを見つめる巳亀の想いが、一気に彼方へ飛んだとわかった。それが証拠に糀坂町あたりの方言が活き活きと口をついて出る。

　小林教授が睨んだとおり、手帳は彼女のものだった。齢百歳になるこの老女は、幼い頃あの狭い屋根裏部屋に寝起きして、梯子を外さなければ逃げ出したくなるほど辛い奉公に耐えたのだ。思わず春菜は車椅子の前にひざまずき、巳亀の膝に手を置いた。

「文机は水屋の屋根裏部屋にあったものです。二十年以上前ですが、藤沢本家が博物館に改修されたとき、裏庭の農機具置き場に移されて、そのままそこにあったんです」

「はぁ……そうですか、文机に。盗めていったはいいけれど、大旦那様に叱られねえよう、こっそり戻しに来たってことかいね……」

　老婆は静かに目を閉じた。遠い日々が目まぐるしく思い出されているのだろう、つーっと一筋の涙が頬を伝うと、彼女はそっと目を開けて、ハンカチで涙をぬぐった。

「あんたさんは中身を見なすったかね。そうだろうね。それで、おれに訊きたいというのは、お嬢のことかえ？」

　今度は仙龍が腰を落とした。床に胡坐をかいて座り、車椅子の巳亀を真っ直ぐ見上げる。そうだとも違うとも言わないのに、「そうだなあ……」と一呼吸してから、巳亀は静かに語りはじめた。

「おれとおれの姐さんは、藤沢の分家に生まれたんだけんど、おれが生まれてすぐ、流行病で親たちが死んで、暮らし向きはギリギリだった。おれの姐さんは綺麗な人で、いっつも白い日傘を差して、ハレの日みたいな格好をして、畑仕事も、柴刈りも、そういうことは一切しない人じゃったから、婆さんが少しばっかり畑仕事して、それで暮らしていたようなもんだった。

　本家のお嬢はマサといって、姐さんよりふたつ年下じゃったが、ふたり小町なんぞともてはやされて、姐さんと人気を競う感じでな、それがおれには誇らしくもあり、妬ましくもあり、それでもおれはこの世で一番、姐さんのことが好きだった。
婆さんが死ぬと、本家は、姐さんを奉公にだせー、奉公にだせー、出せば飯を食わせてやろうと言ってきたんだけんど、姐さんはマサの下で働くなんぞまっぴらだ、そんなら女郎に売られたほうがマシだと言って、町へ行ってしまったんだよ。だもんで代わりにおれが奉公に出た。数えで六歳くらいだったと思う」

それから巳亀は春菜を見下ろし、

「毎日毎日虐められたよ」

と、ニッコリ笑った。

「マサさんは、どんな人だったんですか？」

「疳の強い女子だったよ。それに、とっても意地悪だった。婆さんが生きてた頃から姐さんに張り合って、姐さんの着物、姐さんの帯、姐さんの髪型、姐さんの簪、なんでもかんでも欲しがって、そのたび大旦那様に同じのをあつらえさせて、新しい着物ができるたび、姐さんに見せびらかしにやってきてたよ。それでもおれの姐さんは、お嬢になんか洟も引っかけなかったよ。親たちが生きていた頃は暮らし向きもそれなりだったから、姐さんは綺麗な着物を箪笥に一杯持っていたんだ。それでも、お嬢が真似して同じ柄の着物を着てこようものなら、姐さんのほうも癇癪を起こして、着物をハサミで細かく裂いてな、朝には井戸に放り込んであったものだよ」

「井戸に……着物を……？」

両腕にさぁーっと鳥肌が立つ。

「そうだよぅ」

巳亀は深く頷いた。

「どんだけ腹の虫が暴れたんだか、細かく細かく、一寸くらいに細かく裂いて、井戸にぶちまけてあるんだよ。それでいて本人はけろりとしていた。姐さんの着物一枚売れば、どれだけ婆さんが助かるか。だが、姐さんにはそういうところがあって、お嬢も同じところがあった。姐さんは、古い着物がおれのお下がりになるのも許せなかった。おれを可愛がってくれたんだから、おれが憎くてするんじゃない。どうしても、自分のものを他人に取られるのが許せないんだ。おれが喜んでお下がりを着た翌日には、裂かれて井戸に捨てられている、そんなことがしょっちゅうだったよ」

「どうして」

「なんというか、性分だろう。姐さんにもどうにもならない性分なんだ」

「マサにも同じところがあったのか？　自分のものは誰にもやれない。他人が佳いものを持つのも許せない。そうして二人は張り合ったんだな」

「そうだよ。だからお嬢は姐さんの代わりに、おれを酷くいじかめたんだ。御寮さんのくせに奉公人の部屋まで上がってきて、おれの手帳を盗めてった。この手帳はな、姐さんが町で働いて、その金で買ってくれたものだった。おれが持っているものなんて、姐さんと別れるときに姐さんがくれたお守りひとつと、粗末な着物と、あの手帳ばっかりだったのに、お嬢はおれのお守り袋に何が入っているか知りたがって、井戸端でおれを突き飛ばし、おれは片目を病んだんだよ。女中頭のセツさんが珍しくも激高して、お嬢からお守り袋を取り上げて……だからお嬢は腹いせに、手帳を盗めていったんだ」

巳亀は感慨深そうに、膝に重ねた手を交互にさすった。

「その手帳の話を、詳しく聞かせてほしいんだが」

仙龍が口火を切った。

「亀女さんはその手帳に、狐憑きの男について書いてるね？　『囲炉裏端夜話』にも出てくる赤い着物の男のことを。手帳には、お嬢にも狐が憑いたとあった。皆は狐と言うけんど、あれは狐ではなく、姐さんのせいだと……」

巳亀は一瞬両目を閉じた。顔を上げ、春菜からも仙龍からも目を逸らすように外を見る。黄金色に日が射す田んぼの上を、赤トンボが飛び交っている。番になった赤トンボを見上げてしばし、ため息のように巳亀は言った。

「番のトンボは恐ろしい。おれはあれが大嫌いだ」

「え？」

意味がつかめず春菜が間の抜けた声を出すと、彼女は静かに振り向いて、哀れむような微笑みを見せた。

「あんたらは、どうしておれのところへ来んさった？　どうして今さらおれのところへ」

「俺の一派は因縁がらみの建物を鎮める仕事をしている。藤沢本家には穢れた離れと蔵があって、二十数年前に俺の親父が鎮めたものの、改修工事をするにあたって、その封印が解かれてしまった。蔵の座敷牢にいたのがマサという娘だったらしいことまではわかったが、それ以外の事情がわからない。だから当時のことを聞きに来た。あそこでいったい何があり、マサが何を望んでいるのか」

ふうと再び白粉が香ったように思った。

春菜の前にあるのは車椅子と、そこに座った巳亀だけで、巳亀の後ろには机があって、その並びは大きな窓だ。窓の外にはトンボが飛んで、薄暗い室内はガラスに映りもしないのだが、巳亀が目をあげて春菜越しに一点を見つめているので、さっきの美人が戻ってきたかと春菜もそちらを振り向いてみたが、誰もいない。当然だ。

「大正六年生まれのおれは、この十月で百歳になる。今年こそ、今年こそと思いながらも、随分長く生かされて、でも、さすがに明日のことはわからなくなった。姐さんぇ……えらぁく待たせてしまったよなぁ……」

呟くようにそう言うと、巳亀は仙龍に視線を戻した。

「おれが死ねば、これを語る者もおらなくなるから。だからあんたに話しておきましょ。

お嬢の気がふれたのは、姐さんの生き霊が憑いて苦しめたからで、狐のせいではありません」

声ひとつ出せないままに、春菜の全身に鳥肌が立った。頭の天辺から冷たいものが一気に注がれたような気分だった。

「曳き屋さんぇ。それについてはあんたを見込んで、ちょいとお願いがございます」

巳亀はいたって真面目な顔で、仙龍に向かって頷いた。

「藤沢の家の菩提寺ではなくて、岩石町の外れのへんに、光楽寺というお寺があります。ここの職員さんと、そこのぼっしゃんには話してあるから、おれが死んだら、その寺の無縁墓地に葬ってくだされ。年を経た枝垂れ桜の下の、顔が半分欠けたお地蔵さんがあるあたり。なんとなれば、おれの姐さんがそこに眠っておるからで、おれの話を聞くのも縁と思って、よくよくお願いしておきます」

そう言って巳亀は車椅子の上で腰を折り、

「わかりました。約束しましょう」

仙龍は請け合った。

「そういうわけだから、なあ、姐さん。この人たちに話します」

巳亀がまた宙に目をやって言うので、春菜の鳥肌は凄まじくなった。部屋の空気がにわかに冷えて、肌が粟立つ。隣に仙龍がいることだけが、心の底からありがたかった。

「お嬢の様子がおかしくなり始めたのは、お守りのことでおれがけがしてからだった。だあれもいない場所を見て口汚く罵ったり、真夜中に金切り声を上げて屋敷中を走り回ったり、『あれ、殿さんの門に狐が来たよ』とか、『りんのやつが来やがって、おれのべべを井戸に捨てた』とか叫ぶので、初めはみんな、お嬢に何が起きたかわからなくて、薬湯を飲ませたり、憑(より)を呼んで見させたり、そうすると憑の婆様が、この娘には狐が憑いておると言ったんだったよ。大旦那様のうろたえぶりは、まだガキだったおれが見ても恐ろしいほどだった。それでもお嬢は婚礼が決まっておったから、なんとしてもそれまでに狐を下ろそうと、山から験祓(げんばら)いの坊主を呼んでな、屋敷の衆を離れに集めて、床の間にお嬢を結わえてな、モクモクと松葉で燻して狐を出そうとしたんだけれども、夜が明ければ坊主はおらず、お嬢は裸で気が触れたようになっていて……そうさなぁ……しばらくは伏せっていたが、起き上がれるようになると、また叫んだり怒鳴ったりで、誰も彼もが手を焼いて、ついには少しでもご利益があるのじゃないかと神社の鳥居に帯で括(くく)られたりしていたもんだ……でも、そうすると自分で着物をむしって、裸で男を呼ぶありさまで、孕(はら)んでは流し、孕んでは流し……婚礼は取りやめで、とうとう大旦那様がお嬢を蔵座敷に閉じ込めなさって……その後のことをおれは知らない。姐さんが迎えに来て、町で下働きに出たからな。でも、あんたさんの話を聞くと、あのままお嬢は蔵の中で死んだのじゃろう。もうらしい(かわいそう)」

それほどに壮絶な死に様だとは、想像もできないことだった。春菜は見知らぬ少女の運命の痛ましさに顔を歪めた。

「マサという娘がそうなったのは、生き霊のせいだと言ったね？　なぜわかる」

「見たからよ。狐祓いの夜に、おれは見たんだ。その晩は、寝間の梯子も外されず、一晩中恐ろしい声が離れから聞こえて、それでおれはどうしても、お嬢の様子を見に行こうと……」

そこで語るのをやめたので、

「それで？」

と、仙龍が促した。巳亀はまた話し始めた。

「外に出たらば、離れの前の大庭に、青い綸子の振り袖を着て姐さんが立っていた。中でお嬢の泣き声がして、姐さんはそれを見て笑っておった、声も立てずに。姐さんは岩石町におるはずだ。電車に乗って、バスにも乗って、そうでなきゃ屋敷に来られない。それなのに庭の真ん中に立っとった。それに……」

メガネの奥で瞬きもせずに、巳亀はその目を仙龍に向けた。

「姐さんが立っていたのは池の上だ。水の上に、幻みたいに立っとった。それなのに、足袋の白さも、草履の色も、本物みたいに艶やかだった」

「……なんで……？」

真夜中の美しい庭園に振り袖姿で立つりんを、想像して春菜は戦慄した。離れで聞いたマサの悲鳴を思い出し、おぞましさに虫酸が走る。

「おれが学問を始めたわけも、そういう不思議が知りたかったからだ。後になってわかったことには、生き霊は、自分ではどうもできないそうだ。ただ想いだけが外に出て、憑いた相手を取り殺す。姐さんには最初から、そういう筋があったと思う。これは、おれが勝手に思うばかりで、本当のことはわからないけれど、姐さんの内股にはな、酷い引き攣れの痕があった。あれは赤ん坊の頃に婆さんが、火箸で付けた傷だと思う」

この意味がわかるかというように、巳亀は春菜を見た。春菜が何も答えずにいると、彼女は次いで仙龍を見た。仙龍は静かに言った。

「りんは、藤沢儀兵衛の長男とヤナギの間に生まれた子供か」

「えっ」

今度こそ春菜は叫んでしまった。巳亀は肯定する代わりに瞬きをした。そうしてすべてがつながった。

「儀兵衛の世話をするうち長男と恋仲になり、生まれた子供を死産と偽って次男夫婦に預けたんだな。秘密の代償に金銭面の援助を続け、だから親たちが生きている間は、りんにも潤沢な資金が流れたということか。夫と息子を奪われたヨノは、ヤナギに対する嫉妬と怨みを、罪のない赤子で晴らそうとした」

「婆さんは物腰の穏やかな人だったけんど、そのときばかりは、疳の虫が治まらなかったんだと思う。御寮さんと大旦那さんのことは怨んでいたし、姐さんのことは恐れておった。狐憑きには美人が多い。赤い着物の男もな、役者のような美男子だった。御寮さんもそう、お嬢も、姐さんも美しかった。同じ姉妹なのにどうしておれだけ色黒で鼻ぺちゃでみっともないんじゃろうと、子供の頃は思っていたけど、姐さんの内股についた傷を見たときに、いろんなことがつながった。親たちが死んだとたん本家の援助が途絶えたわけも、婆さんが最後まで姐さんを恐れていたわけも、どうして姐さんのわがままを叱らなかったかも。そうしてなぜ姐さんが、あれほど執着する質だったのかも」

巳亀は大きなため息をつき、遠い昔を見るようにして言った。

「婆さんが死ぬと、御寮さんが本家から大勢人を連れてきて、家中の物を一切合切引き上げてしまった。姐さんの着物、姐さんのお道具……母さまのも、婆さんのも、何もかも一切合切な。お嬢も、御寮さんも、婆さんや姐さんの持ち物はすべて自分が欲しかったんだ」

藤沢本家の収蔵庫には、それらの品があったということになる。大切な妹にさえ着物をやれなかったりん。そういう質であればこそ、自分の品が博物館に展示され、大勢の人の目に晒されることは我慢ならなかったことだろう。

「展示物に『りん』と記しておかないと壊れる理由は、それだったのね」

春菜は小さく呟いた。

「狐憑き筋は物への執着が激しいというよ。おれが奉公に上がるとな、お嬢は姐さんの着物を着て、おれに見せびらかしに来たもんだ。けど、その着物も翌朝になると、裂かれて池に浮かんでおって、そのときばかりは胸がすいたが、それでもやはり恐ろしかった。こんな婆さんになってもな……恐ろしいわ」

胡坐をかいていた仙龍は、正座して巳亀に向き合うと、床に手をつき頭を下げた。

「頼みます。その守り袋を貸してください」

巳亀が無言のままでいると、仙龍は頭を下げたまま、

「座敷牢から死霊が抜け出して、すでに男が二人死んでいるが、引き寄せて浄霊しようにも気を引く術が見つからずにいた。けれど、その守り袋にならマサは激しく執着するはず。胤違いの姉妹であればこそ、引き合い、憎み合った因縁なれば」

と言葉を重ねた。

尻で番ったトンボが二匹、窓の向こうを飛んでいく。風に含まれた藁の匂いが、春菜の鼻腔をくすぐった。巳亀は小さく微笑むと、静かな目で春菜を見た。

「娘さんぇ。おれの寝床の枕の下に、手を入れてみておくれでないか」

巳亀に言われて春菜は立ち、枕の下をまさぐった。置かれていたのは端布で作った小さな袋で、拙い針の跡がある。ひと針ひと針手縫いで仕上げたものだろう。巳亀が差し出し

た手に置くと、老婆はそれを撫でながら、

「憎たらしいお嬢だったけど、あんな蔵に囚まって、成仏できないのは不憫なことだ。ほれ、これをお持ちなさい。疾うに役目を終えた品だけど、姐さん恋しさに捨てることもできずにいたんだ。それでも曳き屋さんの話を聞いてみれば、このために、おれはこれを持ち続けなけりゃならなかったんだろう」

そう言って、お守り袋を仙龍に渡した。

「もうじきおれもあっちへ行くから、ようよう姐さんも浮かばれよう。だから、どうか曳き屋さん、お嬢のことも鎮めてやっておくんなさい」

仙龍は古い守り袋を受け取ると、確かめるように指先でなぞり、もう一度巳亀に頭を下げた。

「感謝します」

「先ずはくれぐれも気をつけて」

巳亀はまた顔を上げて外を眺めた。さっきより、トンボの数が増えている。

「だからおれは、尻に喰らいついて離れないトンボが嫌いだ。憎くて恋しい姐さんのことを思い出すから。その罪も、この罪も、ぜーんぶ背負ってあっちへ行くつもりでいるけれど……曳き屋さん。せめておれが死んだらば、無縁さんになったおれと姐さんに、花一輪を手向けてください」

しばし交わした目と目の奥で、巳亀と仙龍が何を思ったか、春菜にはよくわからなかった。けれどその瞬間に、仙龍は多くを悟ったようだった。彼は立ち上がり、

「わかりました」

と、頭を下げた。そのままドアに向かっていくので、春菜も慌てて会釈する。

さようならとも、ありがとうとも告げぬまま、二人は老婆の部屋を出た。ドアを閉めるとき、春菜はやっぱり白粉の匂いを嗅いだと思った。


受付で退出の記入を済ませて表へ出ると、仙龍の車に何匹かのトンボが止まっていた。巳亀が忌み嫌うそのままに、逃げ出すときも一対だ。見上げれば、無数にトンボの飛ぶ影が、清々と澄み切った秋空をレースのように覆っている。

春菜が助手席に座るのを待って、エンジンを掛けながら、真面目な声で仙龍が言った。

「おまえが見たという銘仙の女。俺にはまったく見えなかった」

「え」

「強い化粧の匂いは感じた。今どきあんな白粉の匂いは珍しい」

「……やめてよ」

春菜は自分の二の腕をさすった。車は動き、駐車場から田んぼ道へ出ていく。赤トンボはフロントガラスの前を飛び、稲田の上に影をひく。

「冗談でしょ？　派手な絵柄の銘仙を着て、黄色い帯を締めた美人よ？　長い髪をひとつにまとめて、赤い簪を挿していたでしょ」

仙龍は無言で頭を振った。

「亀女さんの部屋から出てきたじゃない。廊下ですれ違っ……」

春菜は自分の負けを認めた。

「じゃあ、じゃあ、あれはなんだというの？」

「姐さん……だろうな。亀女さんを妹として可愛がっていた藤沢りん。部屋で話しているときも、亀女さんは姐の顔色を窺っていた。姿は見えなかったが、気配は感じた、匂いもだ。着物ひとつにさえ激しい執着を見せる性分だった姐さんは、誰よりもあの妹に執着したんだ。だからあの人は独身を貫くしかなかったし、施設の職員をむやみに近づかせないのもそのためだ。マサだけじゃない。りんもあの世へ逝くにいかれず、まだ妹に取り憑いているんだ」

なんとなく、そうじゃないかと思っていた。離れで狐祓いの幻を見たときから。青い振り袖を着たりんが、煙の中で笑うのを見たときから。破損する展示物の謎が解けたときから。りんにとって本当の義妹はマサだというのに、こちらの二人は反発し合い、巳亀には異常な執着をみせた。あの屋敷には、複雑に絡み合った女たちの嫉妬と妄念が、未だ消えずに残っているのだ。

「中を見てみろ」

仙龍は巳亀のお守り袋を春菜に渡した。色褪せた袋には紙のようなものが入っている。

お札だろうかと中を覗くと、それは古めかしい文字を印刷したパッケージだった。

「石見銀山って書いてある……石見銀山って島根の鉱山遺跡の?」

「石見銀山は猫イラズだ。ヒ素を用いた殺鼠剤だよ」

「毒ってこと? 中身は空よ」

ふうむ。と、仙龍は小さく唸り、

「悪いが、コーイチに電話して、首尾を訊いてくれないか」

と、春菜に頼んだ。

春菜はお守り袋をポケットに入れ、コーイチのスマホにかけてみた。

「あ、春菜さん。どうしたんすか? 亀女さんには会えましたか?」

いつでもどこでもコーイチは、この上なく元気な声を出す。春菜はスマホを耳から遠ざけて、巳亀と話したことを伝えた。すると、

「ああ、私です。で、どうでしたかな? 落書き帳は。あれは亀女さんのものでしたか?」

電話は突然教授に代わった。

「コーイチ君は今、運転中なので、私がお話を伺いましょう」

春菜は藤沢巳亀が亀女その人であったと教授に伝え、それから、

「コーイチが運転中って、教授はそこで何をしているんですか？　だいたいコーイチは生臭坊主といるはずじゃ……」

と、訊いてみた。教授の声は嬉々として、にやついた顔が見えるようだった。

「その和尚さんからご下命を賜りましてね、コーイチ君と八角神社へ向かっているところなんですよ」

「八角神社へ？　どうしてですか？」

運転席で仙龍のスマホも鳴り出して、彼は道の駅の駐車場に車を停めた。

「こっちには和尚から電話だ」

そう言って仙龍も話し始めたので、とりあえず春菜は教授とコーイチが八角神社へ向かっている事情を訊くことにした。この神社にはやはり因縁がらみで関わったことがあり、宮司とも懇意の仲である。

「志水宮司にお願いしましてね、ご神体をひとつ、拝受しに行くところです」

「ご神体を拝受？」

「雷助和尚の発案で」

小林教授が話す奥から、コーイチのあっけらかんとした声がする。

「金精様をいただきに行くんすよっ」

「はあ？　なんでまた」

　金精様とは男根を模した一柱のご神体のことである。八角神社は古くから民間の信仰を集めていて、因縁祓いに関わったときも、宝物殿に大小様々な金精様がゴロゴロと祀られていたのであった。それにしても、この大変なときになぜ金精様なのだろう。

「あのエロ坊主、いったい何を考えているの？」

「雷助和尚だけでなく、棟梁さんと案じた一計ですので……楽しみですねえ。今回はどうやって障りを祓うのか。ちなみに私も、そのときはご一緒させていただきますので。では」

　自分の言いたいことだけ言って、自分が知りたいことだけ聞くと、教授はサッサと通話を切った。

「あ、ちょっと……何なのよもう。その一計が何なのか、さっぱりわからないんですけれど」

　ブツクサ言いながら仙龍を振り返り、春菜はふっと考えた。仙龍には銘仙を着た美人が見えなかったという。だとすると、あの日仙龍といた和服の美人も幻だった可能性はないだろうか。

「ないわよね。それは……」

　彼女は車を運転して、仙龍を事務所へ送ってきたのだ、幽霊であるはずはない。

仙龍さん。とか、色っぽい声で呼んじゃってさ……

「スーツの襟に糸くずが……あら、いえ、ごめんあそばせ」

思わず知らず呟いていると、

「おまえ大丈夫か」

と、仙龍が訊いた。通話はすでに終わったらしい。

「だ、大丈夫だったら、全然平気」

「ならいいが、妙なモノに憑依されたかと思うじゃないか」

自分があまりに恥ずかしくて、春菜はコホンと咳払いした。

「コーイチは、小林教授と八角神社へ向かっていると言ってたわ。金精様をいただきに」

話を逸らすと、

「和尚から聞いた」

仙龍はそう言って車の外へ出た。

国道沿いにある道の駅は規模が大きく、地場産品売り場やレストラン、トイレなどの施設の奥に、砂防公園を併設している。お茶でも奢ってくれるのかと思ってついていくと、仙龍は施設ではなく公園のほうへ下りていく。無言の上に早足なので離されないよう追いかけていくと、人気のない砂防ダムの隅で止まった。後ろ手に春菜を牽制し、『こっちへ来るな。そこにいろ』と、視線で語る。何事だろうかと見ていると、仙龍は静かに首を回して、細長くて黒いモノを指先につまんだ。いつの間に絡みついたのか、仙龍の首を一回りして、女の長い黒髪が数本巻き付いていたのだった。

仙龍は目を閉じて何事か唱えると、髪の毛の先端にライターの火を近づけた。ぽうっと朱い炎を上げて、黒髪はたちまち風に紛れる。

「うそ、なんなのよそれ、いつの間に巻き付いたの」

春菜は小さく悲鳴を上げて、「大丈夫なの?」と、付け足した。

「大丈夫なわけがあるか」

仙龍は笑う。

「館長が、さっき鐘鋳建設に電話をくれたそうだ。戸籍を丁寧に調べてくれたらしい。ヤナギの生まれはやはり仙二村だった。仙二村では漢字の八柳を名乗っていて、養女になるとき片仮名のヤナギに変名している。憑の家系で、憑き物筋と恐れられていた。父親が狐憑きを発現後に変死したのもそのとおりで、当時の新聞も見つかったようだ」

ハラハラと、木々から落ち葉が舞い落ちる。風に寒さを感じ取り、春菜はぶるんと身震いをした。

「亀女氏の両親の戸籍もわかったそうだ。彼女が一歳に満たないうちに、両親は相次いで亡くなっている。りんと巳亀を育てたのはヨノで、ヨノの死後、りんのほうは町で働いていたようだが、岩石町の商人に囲われた後、二十二歳で亡くなっている。自殺だそうだ」

二十二歳……青い綸子の振り袖を着たりんも、ちょうどそれくらいの若さだった。

「ところで、りんの周囲では変死事件が相次いでいた。小町ともてはやされた美女は様々な意味で目立ったらしく、彼女をモデルにした小説がカストリ雑誌に掲載されていたのを、親父が資料として残していた。棟梁が夜っぴて探してくれたんだが、おそらく親父は、それを読んで、展示物に『りん』と印を付ける呪を思い付いたのだと思う」

「なんなの? カストリ雑誌って」

「戦後に流行った娯楽雑誌だ。糀坂町出身の作家が書いたもので、フィクションも混じっているかもしれないが、棟梁が館長から借りてきた当時の新聞を調べたところ、事実、同じ頃に不審死が相次いでいたという。小説のモデルをりんとすれば、付き合っていた男が二人、彼女を町へ誘って面倒を見ていた三味線の師匠が一人、りんに懸想したと思しきパトロンが二人、少なくともりんの周囲では、五人の人間が不審死していた。りん本人の死因を含め、使われたのはヒ素らしい」

「ヒ素って……」

春菜はポケットの上から、仙龍に預かったままのお守り袋を押さえ付けた。

「石見銀山猫イラズ?」

「かもしれない」

仙龍は頷いた。

「石見銀山は当時ポピュラーな殺鼠剤だった。誰でも手に入れることができたし、毒性も強かった。これらのことを総合するに、藤沢本家に染みこんだのは、マサとりん、二人の娘の怨念だ。対抗意識を燃やして互いに執着するあまり、その身に不幸を呼び込んだ。マサのほうは華々しい祝言をあげてりんに絶対的な立場の違いを見せつけるつもりが、逆に凄惨(せいさん)な最期(さいご)を迎え、りんは妹の亀女さんに執着するあまり、いまだ彼岸に渡れずにいる。ただし亀女さんが存命しているので、この因縁、いまだ浄霊に能わずということになる。大きな因縁を断ち切る際に、因縁の元となった人物が生存していると、その人の身に不幸を呼ぶことがある。死霊が生者を道連れにしていくんだよ。今回の場合は、巳亀さん、館長、そして俺ということになるのか」

「浄霊に能わずって、そして、俺って！」

　春菜は思わず叫んでいた。仙龍に絡みついてくる長い髪。ふたり小町の執拗(しつよう)な想い。赤い帯締めを握りしめ、あるいは振り袖を首に巻き付けて死んだという男たちのビジョンが脳裏をよぎる。

「死霊が俺に目をつけたことで、棟梁と和尚が一計を案じた。明日の夜、日暮れを待って因を封じる。会社へ戻るぞ」

　仙龍はそう言って、春菜を駐車場へ追い立てた。ちょっと、ちゃんと説明してよ。そんな言葉が喉元まで出掛かってはいたが、春菜は文句を言う代わりに、ポケットのお守り袋に手を添えた。りんはなぜ、毒を入れた守り袋を妹に持たせていたのだろう。そしてなぜ、中身が空っぽなのだろう。二十二歳で自殺したって……

「どうして?」

色づきながら葉を散らす、山の木々に訊ねてみる。

——その罪も、この罪も、ぜーんぶ背負ってあっちへ行くつもりでいるけれど——

番ったトンボは姐さんを思い出すから厭だと言った、巳亀の言葉が蘇る。

——疾うに役目を終えた品だけど、姐さん恋しさに捨てることもできずにいたんだ——

そうなの? そうなの?

カサカサと石見銀山の包み紙を指先で鳴らして、春菜は妄想を膨らませる。

奉公に明け暮れていたとき、巳亀は文字を知らなかった。手帳に書いたのは片仮名だけで、難しい漢字を知らなかった。だから石見銀山という文字も、読めなかったのかもしれない。それとも、常日頃から姐はそれを用いていたのかもしれない。付き合っていた男たちや三味線の師匠にも……

まさか巳亀さんを騙したの? 騙してこれを、巳亀さんの手で、あなたは自分に飲ませたの? たとえば薬と偽って、たとえば滋養のあるものと偽って、がんじがらめにするために。

——よくやった。これでおまえは、生涯あたしを忘れるまいよ。決してあたしから、離れることができまいよ——

胸の奥、背骨と魂の真ん中あたりで、りんが笑う声を聞いた気がした。

山を下ってくる風が、春菜の足下を吹き抜ける。仙龍の背中を眺めながら、春菜は無性に泣きたくなった。

其の七

見立て祝言

春菜は仙龍と一緒に鐘鋳建設へ戻ってきた。途中、代任の小谷から受け取ったメールには、工事の新たな進行表が添付されていて、それを見ると件の壁が塞がれるのは竣工前々日になっていた。長坂はほかの仕様を先に仕上げて、廊下のみ最後に残すよう小谷に指示を出したというのだ。当初の設計ではその部分に棚が置かれることになっていたが、塞ぐ予定の壁一面をケースにして照明を当て、婚礼衣装をディスプレイすることにしたらしい、と小谷は言う。

——いいアイデアだとは思いますけど、それなら、どうして最初からそういう予定で進めないんですかね？　俺にはちっともわかりません。まあ、長坂先生がいいと言うならいいんですけど——

小谷のメールを読みながら、

「そんなの、苦し紛れの口から出任せに決まってるじゃない」

と、春菜は呟く。長坂は、なんとしても水屋簞笥と赤欅の木戸、そして座敷牢の中身をネコババしたいのだ。

「それにしても……花嫁衣装を展示するのは、なかなかいいアイデアね」

迂闊にも広告代理店営業の血が騒ぐ。その場合、金屏風をイメージしたバックをケースに貼るのはどうだろう。藤沢本家の庭にある白梅や紅梅、枝垂れ桜の写真を入れてもいいかもしれない。いやいや、それよりいっそ、白一色の地にしたほうが映えるだろうか。

「どんな花嫁衣装を飾るかによるわね。白無垢なのか、金襴緞子か」

鐘鋳建設の応接ソファで、スマホを見ながら考えていると、

「此度は白無垢と決まっておるな」

と、声がして、資料室から雷助和尚がやってきた。

「え？　白無垢？　それはもう決まりですか？」

思わず問いかけてしまってから、話が嚙み合っていないと気が付いた。あの場所をケースで塞ぐアイデアは、小谷からたった今もたらされたものなのだ。

「白無垢ってなんのこと？」

春菜は慌てて表現を変え、もう一度和尚に訊いてみた。

少し待っていてくれと言い残して資料室へ消えた仙龍が、棟梁と一緒に部屋を出てくる。その間に和尚はちゃっかり春菜の隣に腰掛けて、仙龍と棟梁が正面の席にやってきた。四人が揃うと、仙龍は広げた足の間で指を組み、前のめりになって春菜を見つめた。

「明日、満月の晩に決行する」

ただそう聞いただけなのに、春菜の心臓はドクンと鳴った。

「決行するって、何を?」

訊ねると、横から和尚がこう言った。

「祝言じゃよ。マサの死霊を呼び出して、仙龍と式を挙げさせるのじゃ」

春菜は両目をパチクリさせた。それから和尚の言葉の意味を、頭の中で考えた。

仙龍と祝言を挙げさせるって?

「仙龍と、祝言を挙げさせる?」

ぐるっと和尚に向き直り、小汚い法衣を両手で摑む。

「仙龍と祝言を挙げさせるって、どういうつもりで言ってるの?」

春菜が抱いたイメージはこうだ。仙龍を、もしくはその魂を、マサの死霊にくれてやる。そうして仙龍の犠牲の上に、藤沢本家の安泰を得る。

「仙龍を生け贄にするって言ってるの? そんなのまったく賛成できない。一晩かけて考えた妙案がそれなの? え? 生臭坊主、どうなのよっ」

ぎゅうぎゅう襟を締め上げられて、雷助和尚は苦しげに喘いだ。

「娘子よ、先ずは落ち着け。儂は仙龍を生け贄にするとは言っておらんぞ」

「違うの? それじゃ、なんなのよ?」

春菜は和尚を解放した。仙龍の隣で棟梁が、ニヤニヤしながら春菜を見ている。

「今回おまえは少し変だぞ。話は最後まで聞くものだ」

冷静そのものの顔をして、呆れたように仙龍が言う。春菜は椅子に座り直した。

「あっしらで、見立て祝言というのをね、挙げてやろうって腹でさあ」

徹夜続きの疲れた顔で、棟梁がそう言った。見れば和尚も棟梁も、一気に老けた様子をしている。仙龍を見初めた死霊を祓うため、必死で策を講じていたことがわかって、春菜は激しく自己嫌悪を感じ、だから黙って聞いていた。許せない提案だけど、せめて話を聞いてから、反論しようと考えながら。

「マサって娘の男狂いは、婚礼直前の狐祓いに端を発しているってことでしたねえ。若と姉さんが婆さんから聞いた話を知れば尚更に、マサの千切れた心が窺える。マサは男を怨んで、恨んで、それでも男に狂っちまった自分をどうすることもできねえんでさ」

「それゆえな、マサが望んだ祝言を、挙げてやろうと思うのだ。マサは立派な祝言を挙げて、りんにそれを見せびらかしてやるつもりであったのじゃろう。ならば望みを叶えてやって、生涯を添い遂げる夫と共に、あの座敷に匿ってやろうとな」

「仙龍をあそこに閉じ込めるの？　死霊と一緒に」

我慢できずにそう訊くと、

「誰もそうは言っとらん」

和尚は言下に否定した。

「それじゃ、どうするの……？」

「姉さん。見立て祝言てぇのはね、生きてる人間が憑り代になって、死者に婚礼を挙げさせてやることなんでさ」

「マサの死霊を花嫁役の人間に憑せ、仙龍と祝言を挙げさせる。両者にヒトガタを抱かせておいての、それらを婚礼の床に置き、夫婦にするということじゃ。婚礼の床は座敷牢に用意する。衣装も、供物も、赤子代わりの這子も置いて、さすれば死霊も落ち着いて、座敷牢に収まるじゃろうて」

「擬似的な家族を与えるということ？　でも、仙龍のヒトガタを与えちゃったら、仙龍に障りがあるんじゃないの？」

「仰るとおりで」と、棟梁が頷く。

「だから、そんなことはしねえんで。若には見立て祝言の婿役になってもらいやすがね、ただヒトガタだけじゃなくって、もっと、こう……」

　棟梁は、参ったなという顔で額を掻いて、

「色好みの死霊を満足させられるありがたいお方にね、代わってもらおうってぇわけで」

「誰のことを言ってるの？」

「民俗学者とコー公が、それを今、八角神社へ迎えにな」

　ようやく春菜にも事態が呑み込めた。そのために、教授は金精様を拝受に行ったのだ。どんな顔をしていいかわからなかったが、ありがたいことに男たちは、それ以上この件について言及しなかった。

「祝言は明日、日が落ちてから、離れで執り行うと決めた。館長に許可を得て座敷牢を開放し、祝言が終われば俺は花嫁を連れて、座敷牢で床入りする」

説明は受けたのに、仙龍の口からそう聞くことが、春菜は厭でたまらない。見立てだろうが嘘だろうが、仙龍の横に花嫁が座るのを、想像するのがそもそも厭だ。

「婚礼衣装は藤沢本家が提供してくれるという。たぶんマサのものだろう未使用の白無垢が残されているらしい。事情を知れば忌まわしくて、実際に使う気にはなれないからな。明日は午後から工事も中止してもらい、準備はすべて隠温羅流が行う。そこで」

と、仙龍は言葉を切って、

「おまえにも協力してほしいんだ」

春菜に向かって頭を下げた。


リリリリリ……と、虫が鳴く。ついこの間まで激しく鳴き競っていた虫の音は、風が冷えると一気に減って、もはやハーモニーを奏(かな)でていない。時折思い出したように鳴くだけなので、もののあわれを感じてしまう。

藤沢本家博物館の駐車場へ車を回すと、閉館しているにもかかわらず、この晩は多くの車が停まっていた。コンクリートで固めた駐車場のどこかで、それでも虫は鳴いている。美しく透き通った声は、聞いているだけで淋しさが募る。山際を照らしていた太陽も向こう側へ沈んでしまい、茜(あかね)と藍が入り混じった空には、金色の雲が浮かんでいる。

密やかで、風の湿った夕暮れだった。

仙龍に頭を下げられて、春菜は見立て祝言に参列するためやってきた。巳亀から預かったお守り袋を渡されて、サニワのおまえが持っていてほしいと頼まれた。この夜は長くなるはずだから、許してくれとも言われていた。望むところだった。たとえ形ばかりの結婚式でも、白無垢を着て仙龍の隣に座ると思えば心が震える。

雪のような衣装に袖を通すとき、白塗りの顔に紅を差すとき、花嫁は、どんな気持ちがするのだろうか。そうして春菜は、その時を迎えることなく祈禱師に穢され、壊れてしまったマサの不幸に胸が痛んだ。マサの怨念はおぞましいばかりだが、それでも彼女に同情する。

駐車場の隅に車を停めると、夕暮れと同時に灯が入るはずの外灯が、この日は消えたままだった。こんなに車が停まっているのに、屋敷からはこそりとも物音が聞こえてこない。日暮れまでに来ればいいことになっていたはずなのに、時間を間違えてしまっただろうか。春菜は車を降りて蔵小路へ向かった。

黄昏(たそがれ)色に染まる蔵小路にも、いつもと違って漆黒の幕が設えてあった。裏門の先、土塀の間に渡した竹の棒に黒幕が下がって、行く手を塞いでいるのである。足下を照らすためなのか、小路の両側には小さな灯籠が並べてあるが、灯籠には藤沢家の家紋ではなく、龍の爪を象った隠温羅流の因が入っていた。

　裏門は開け放たれて、やはり黒地に因を抜き取った不吉な提灯が下がっている。婚礼のめでたい夜を照らす提灯とは違い、見るからに忌み事を引き寄せそうだ。

　いつもと違う藤沢家の様子に緊張が高まる。そろそろと裏門から中を覗くと、用水池の前から農機具置き場へ向けて、ずらずらと灯籠が並べてある。それを道標に中へ入ると、灯籠は離れに向かっていくようだった。ようやく離れの脇まで行くと、

「春菜ちゃん。こっちですよ」

　湯殿から、小林教授が手招きしていた。今日はよれよれのグレーのシャツの代わりに、なんと白装束に身を包んでいる。

「どうしたんですか、その姿。そのまま棺桶に入れそう」

「しーっ」

　人差し指を一本立てて、教授は春菜を工事中の蔵へ誘った。蔵の出入り口も開け放たれて、立ち入り禁止の柵が解かれ、件の廊下に緋毛氈が敷かれている。

　それだけではない。座敷牢を塞いでいた水屋簞笥が運び出されて、蔵の隅に移動されていた。毒々しい緋毛氈が敷かれた廊下には、やはり小さな灯籠が並べられ、ぽやぽやと揺

れるロウソクの火が、白壁と間柱を照らしている。

「中を覗いてみますかねえ？」

と、教授が言うので、恐る恐る廊下に上がって座敷牢まで行くと、木戸を開けきった座敷牢には行灯の火が燃えていて、箱枕をふたつ並べた真っ白い床が、半分折り畳んだ掛布団を載せて敷かれていた。枕元には供物を載せた式台が三つ。水、酒、肴、果物に見立てた木の実。黒い水引で飾った縁起物。最後の式台には布で作った這子の人形が、籠に入れて載せられている。死者のための閨だとわかっても、ロウソクの朱い光に浮かぶ寝具と枕は、たとえようもなく艶めかしい。

「さて、では春菜ちゃんも着替えてください。あ、お守り袋を忘れずに」

座敷牢の中を確認すると、教授は白い着物を春菜に渡した。

「参列者の私たちは白装束だそうですよ。衿合わせはもちろん左前。私たちは死者として婚礼に参列するのですからね。見届け人は藤沢本家の人たちで、この人たちに限り普通の喪服を着るそうです。水先案内人は隠温羅流の綱取りさんたちで、彼らは白い法被を着て、すでに離れに控えています。着替えが済んだら白布を渡しますからね、離れに入る前にそれで鼻と口を覆ってください。障りが体に入らないようにするためですって。怖い怖い。こういうの、さすがにゾクゾクしますねえ。うっふっふ……あ、それから。儀式が終わるまでは、絶対に、声を出してはいけません」

渡された着物が教授と同じ単衣の経帷子だったので、春菜は納得がいかなかった。

「私が着るの、これですか？」

「そうですよ？　着替えはここを使ってください。私は外に出ていますから」

「花嫁衣装じゃないんですか？」

教授は驚いたように目を丸くして、それから言下に「いいえ」と言った。

「花嫁は湯殿で支度をしています。そろそろ終わる頃でしょうから、見に行きますか？」

春菜は狐につままれた気がした。おまえにも協力してほしいと仙龍に頭を下げられたとき、てっきり自分が花嫁役をやると思った。体にマサの死霊が憑くことも覚悟して、恐怖と闘いながらここへ来たのに。

「花嫁がいる？　ほかに？」

「しーっ」

教授はまた人差し指を立て、

「大声は厳禁ですよ。間もなくここは、あの世とこの世の間になるのですから」

と、春菜を諭した。

それでも春菜は納得がいかない。花嫁って誰なのよ、どうなってるのよ、冗談じゃないわよ。私をなんだと思っているのよ。

どす黒い怒りが腹の底から沸々と湧いて、教授の先に立って蔵を出た。

花嫁が支度をしているという湯殿は公開エリアになっていて、件の蔵と離れのそばに立っている。ずかずかと湯殿へ歩いていくと、やはり開けきった扉の奥で、裸の胸にサラシを巻いた仙龍が黒い紋付きを着せかけられているところだった。足下には純白の法被を着た隠温羅流の職人がひざまずき、すでに紋付き姿の棟梁とともに仙龍の着付けを手伝っている。

「来たな」

春菜を見ると仙龍が言った。

何か言葉を返そうと思っても、御祓(みそぎ)をすませた仙龍から滲み出るオーラに圧(お)され、何ひとつ気の利いた言葉が出てこない。仙龍の後ろには衝立(ついたて)代わりの衣桁があって、その奥に、白無垢の花嫁が座っていた。

「花嫁を見てやってくれ」

そう言う仙龍が笑っているので、春菜はさらなる嫉妬に燃えた。

わかったわよ。嫉妬と敗北を感じながら春菜は思う。あの人でしょう。そうなのね。

脳裏に浮かんだのは和服の美女だ。仙龍と並ぶと絵のようだった。自分とはまったく違う。比べものにならないほど大人で、綺麗で、落ち着いていて品のある……春菜はぎゅっと唇を噛んだ。

「あっ、春菜さーん」

突然コーイチの声がしたので、春菜は自分の惨めな顔を見られたくないと俯いた。俯いてから、(え?)と、思った。声は衣桁の奥から聞こえた。顔を上げると白無垢姿の花嫁が、小さく手を振っている。目深に被った綿帽子の下から、ぽっちりと紅を差した口元が覗く。

「オレオレ、俺っすよ」

花嫁は、そう言って笑った。顔全体を白く塗りつぶされているため紅の色しか見えないが、声はコーイチのものだった。

「うそ、え? うそ」

湯殿の奥に目を凝らし、春菜は小さく呟いた。

「なんでコーイチ? え? だって……」

戸惑う春菜の目前で、粛々と仙龍の支度が調えられていく。棟梁の監修のもと、二人の男が帯を締め、脇に置かれた乱れ箱から黒い袴が取り上げられる。春菜がうろたえる様子に気が付くと、棟梁はニヒルに言った。

「生きた人間の婚礼とは違いやすからねえ。姉さんは、サニワが強い上に女ですから、花嫁役なんかやらせられねえ。かといって、隠温羅流の儀式にはどうしてもサニワが必要なんでさ。黙って見ていてくれりゃぁいいから、若とコー公が床入りするまで、しっかりくっついていておくんなせえ」

「床入りするまでって……形だけよね？」

仙龍と花嫁姿のコーイチを、春菜は交互に見比べる。するとコーイチは俯いて、

「そこは社長次第っす……」

と、恥じらうように小さく言った。

「とにもかくにも、姉さんも支度を急いでくんな。月が昇ればマに入って、あっちからも客人がくる。生きてるこっちに分があるうちに、婚礼の舞台を整えねえと」

苦虫を嚙み潰したような顔で棟梁は続ける。

「若とコー公を出すんだよ？　絶対に、取られっちまうわけにゃ、いかねえんで」

その一言で春菜は目が覚めた。

隠温羅流は影の流派だ。過去に根付いた因縁を探り、その根を断つことを生業とする。因縁祓いの儀式では、いつも命のやりとりがある。生者の命が死者の魂と邂逅するのだ。サニワが何で、どうしてそこに必要なのか、いまだ春菜にはわからないが、自分なしにはこの因縁が祓えないとするならば、仙龍に伴走しようと覚悟を決めた。

湯殿を出て、蔵の片隅で死者のまとう経帷子に着替えると、春菜は巳亀のお守りを衿の隙間に挟んで蔵を出た。わずかの間に日は落ちて、群青の空に老い松の影が、黒々と高くそびえ立つ。藤沢本家博物館の周囲では外灯の明かりがすべて消されて、隠温羅流の職人たちが足下に並ぶ灯籠と黒い提灯に火を入れた。暗闇をさらに暗いと感じさせるようなそ

の明かりは、屋敷全体をこの世ならぬ雰囲気に包み込んでいく。玉砂利を踏みしめる音さえも違って聞こえ、ヒシヒシとあの世が近づいてくる気配がする。

闇に落ちる仄かな明かりは、来るものを婚礼の場所へ誘う道標だ。灯籠の合間に立つ職人は、風になびく長い法被が夜目にも白く、口元を覆った白布から龍の爪の因が浮き上がって見える。両足を踏ん張って背中で手を組み、彫像のように動かない。立ち番をする者は裏門に二名、庭に六名。離れには数十名が正座している。

初めて目にする隠温羅流の勇姿に、春菜はゴクンと唾を飲んだ。時刻はいつの間にか八時を過ぎて、風が冷たくなってきた。

「いよいよですね。さあ、これを。彼らのように巻いてください。口と鼻を覆った正面に、因が来るように巻くのだそうです」

蔵の外で待っていた小林教授が、手拭いのような布を差し出した。後ろに裏門から入ってくる藤沢家の人々が見える。葬儀に参列する支度をしているが、すっかり雰囲気が変わってしまった敷地内の様子に戸惑っているようだ。白布で鼻と口を覆っているのは彼らも同じで、ひと言も声を発しない。立ち番の職人に導かれ、離れのほうへ歩いていく。

春菜も教授から白布を受け取り、それでしっかり口を覆った。

教授は次に、人の形に切り抜いた白い紙を取り出した。紙には鏡文字で『立会人　春菜』と墨書きされている。

「これは春菜ちゃんのヒトガタですよ。祝言が終われば燃やします。反転した名前は雷助和尚が書いたもので、燃やせば障りは生じません。それまでは決してなくさないように」

すでに口を覆ってしまったので、質問する代わりに首を傾げると、小林教授は春菜の疑問を汲み取って、説明を加えてくれた。

「私たちは生きながらにして死者の婚礼に立ち会うのです。ですから、あちらに連れていかれぬように、ヒトガタを身代わりにするということですね。これらのヒトガタはまた、マサさんと金精様の後見人ともなるのです。今まで彼女はたった独りで座敷牢にいたので、戒める者も、慰めてくれる者もいませんでした。さらに、若くして死んだので家族や奉公人以外と接する機会もなく、広い世間を知ることもありませんでした。けれど今夜からは違います。婚礼に立ち会った者らのヒトガタが狭間の世界へお供して、マサさんの見守り役になります。成仏するまでにはまだまだ時間がかかりそうですが、少なくとも、閉塞した世界で恨み辛みを増幅させることはなくなっていくことでしょう。マサさんのような悪霊が、祟り神とされた後、守り神に変ずることは珍しくないのです」

小林教授はそう言って、

「うまく行けば……ですけどねえ」

と、付け足した。言いたいことを言い終えたらしく、自分も白布で口を覆う。目と目で示し合わせると、春菜と小林教授は無言で離れに入っていった。

死者の儀式は生者のそれとはすべて真逆にするらしい。床の間ではなく次の間を正面に見て、逆さに置かれた屏風の前に、花嫁、花婿、仲人らの膳が据えられ、その両側に隠温羅流の職人たちが、膝を広げ、背筋をピンと伸ばして座していた。新婦側に十名、新郎側には二十数名。一糸乱れぬ姿勢で居並ぶ姿は威圧感すら感じるほどだ。藤沢本家の人々は新婦側の職人たちの前にいる。

室内に置かれたお膳は全員分が用意されたわけではないようで、飾りのように所々に置いてある。載っているのは黒い水引を結んだ縁起物で、ほとんどが紙や藁で作られていた。

花嫁花婿を正面に見る『その他』の席も隠温羅流の数名が守っていて、春菜と教授は彼らの前に、見届け人として正座した。

部屋のど真ん中には墨染めの衣をまとった雷助和尚が陣取って、彼だけは口に覆いもせぬままに、座禅を組んで目を閉じている。屏風の両側にぼんぼりが一対。黒い紙で覆われているので、明かりは天井にのみ抜けていく。数十名が一堂に会しているというのに、呼吸の音すら聞こえないので、春菜は激しく緊張してきた。

開けっ放しの離れの外では、白い玉砂利の庭を月明かりが蒼く照らしている。老いた黒松の複雑な枝振りが影になり、無数に伸ばした手のように玉砂利の上を這っていく。吹き込む風には爽やかさなど微塵もなくて、空気そのものが淀んでいた。

参加者が揃えばすぐ始まると思った婚礼だったが、新郎新婦と仲人の席を空けたまま、長い沈黙の時が流れた。隠温羅流の人々は彫像のようで、生臭坊主さえピクリともしない。慣れない正座で足が痺れるかと思ったが、尋常ならざる緊迫感で春菜もまったく動けなかった。

仙龍はどうしているだろう。コーイチはどうしているのだろう。

目だけを湯殿のほうへ動かしてみたが、春菜の位置から見えるのは、黒松が地面に引いた影ばかりだ。やがて、月光が降る音さえ聞こえそうな静寂の中、リーンンン……と鈴の音がした。和尚が目を開けたのが、背中の様子で見て取れる。次いで、ジ、ジ、と小さな音が、離れの外から聞こえてきた。

あれはなんだろう。

そう思ったのは春菜だけではないらしく、藤沢家の人々が首を回した。隠温羅流は微動だにしない。

鼻先をかすめたのは線香の匂いだった。その匂いにのって、微かな音が近づいてくる。いつの間にか空気が冷えて、膝のまわりを冷気が通る。
ジ、ジ、と音を聞いているうちに、あれは足音だと春菜は悟った。見えないけれど気配がする。ぼんぼりの明かりが静かに膨らみ、空気は凍ったように動かなくなった。蚊の鳴くような微かな声も聞こえてきたと思ったら、和尚がいつの間にか正座して、小さく念仏を唱えていた。その声は糸のように細く伸び、やがて、ぎしり。と、畳が軋んだ。
ぎ。ぎ。ぎしり。また、ぎしり。

踏むものの姿は見えないが、軋みながら畳がへこむ。それが次々続いてゆき、春菜たちの前に亡者が座った。線香の匂いをさせている者がいるかと思えば、生臭い匂いを発する者もいる。和尚の念仏と鈴の音は、しばらく続いてピタリと止まった。

膝に置いた両手の拳を、春菜はぎゅっと握りしめる。自分もだが、藤沢家の人々は、よくこれに耐えていると感心する。彼らの背中にはご先祖様が乗っていて、力を貸してくれているのではあるまいか。ここに至っては逃げ出すこともかなわず、春菜はただ、儀式が無事に終わってほしいと望んだ。

遠くで玉砂利を踏む音がした。今度は生きた人間の、質量を伴う音だった。同時に聞こえる衣擦れの音。ペタペタと草履が足袋を叩く音。

無言のなか、音は次第に近づいて、庭で立ち番をしていた職人が動く。黒い提灯が近づくと、二人の男が廻り縁の下にひざまずいた。花嫁花婿が座敷へ上がってくるための踏み台を用意したのであった。とっぷりと日が落ちた周囲は暗く、明かりといえば庭に並んだ灯籠と、屏風の脇のぼんぼりだけで、月が最も明るいくらいだ。隠温羅流が満月の夜を選んだ理由はこれだったのだ。

かたん。

踏み台を踏んで、真っ先に上がってきたのは棟梁だった。紋付き袴に身を包み、花婿の仙龍を先導してくる。仙龍は唇を真一文字に引き結び、前だけを見て座敷に上がる。その後ろ、花嫁の手を引く人物を見て、春菜は思わず腰を浮かせた。

視線で教授に戒められ、また座り直した春菜であったが、花嫁よりも仲人のほうに釘付けになる。黒留め袖(くろとめそで)を着こなしてコーイチの手を引いてきたのは、いつかの美女その人だった。こうした儀式を手伝うからには、隠温羅流の事情に精通しているのだろう。きりりと無駄のない所作で花嫁を舞台に上げた。四人並んで礼をして、花嫁が腰を下ろすときにも、白無垢の打ち掛けの裾をさばくのを忘れない。棟梁とともに両脇に控え、影のように座している。

やがて、音もなく二人の職人が進み出て、三献の儀に使う三方(さんぼう)を運んできた。謡曲の代わりに流れているのは和尚が唱える念仏で、その合間にも、どこかでリーンンン……と鈴が鳴る。綿帽子を被ったコーイチは美しく、盃に添える手がいじらしい。その様子に見入っていると、春菜はふと、紅を差した口元が弓形に笑っているのに気が付いた。

笑っている。花嫁が笑っている。

小さな盃を飲み干すときに、仰向いた綿帽子の下から顔が見えた。瞼(まぶた)を伏せてしとやかに固めの盃を受けていると思った花嫁は、両目を大きく見開いて、仙龍の顔をじっと見ている。その表情の異様さに、春菜は、背骨に針を刺されたような戦慄を感じた。マサは満足していない。祝言を挙げる程度では、マサの怨みは収まらないのだ。彼女が乗り移ったコーイチの顔は、信じられないくらいに凄まじい。このままでは……

思った瞬間、春菜は席を立ちそうになった。そして、ぐっと腕を摑まれた。

さっきまで空いていた隣の席に、隠温羅流の男が座っていた。春菜の腕をしっかり摑んで、膝に視線を注いでいる。鼻と口を覆っているので顔全体は見えないが、彼と視線が合ったとき、春菜はぺたんと尻を落とした。

仙龍だった。

凜々(りり)しく上がった眉といい、切れ長で澄んだ瞳といい、それは仙龍の顔だった。なんで? なんで? 仙龍は今まさに春菜の正面で、花嫁と盃を交わしている。そうして春菜は気が付いた。この人とは少し前、長坂の病院で会っている。

相手は軽く頷くと、春菜の腕から手を離し、あとはじっと前を向いて、祝言の進行を見守っている。触れそうで触れない肩の隙間に、春菜は相手の心を感じた。何があっても見守っていろと、言われたように思えたのだ。

三三九度がすむと、居並ぶ者たちの前にも盃と酒が回ってきた。白い法被をまとった男らが、膳に供えた盃の中に、酒らしきものを注いでまわる。生きた参列者は全員口を覆っているのだから、それを干すことはかなわない。男らは末席にもやってきて、見えない参列者にも酒を注いだ。リーンンン……鈴の音はどこから響いてくるものか、ほかに聞こえる物音と言えば、和尚が静かに唱える経と、動き回る男らの法被が畳をこする音、庭の黒松が風を孕んでざやざやと葉を揺らす音ばかり。花嫁は今や首を伸ばして、舐めるように夫の顔を見上げている。怒ったように上げた肩にくらべて、異様に頭が下がっているので、一尺ほども首が伸びているように見える。もはやその顔はコーイチではなく、異形に変じて、稲荷神社の祭りで見かける狐面を思わせた。誰も盃を持ち上げないのに、酌まれた酒は減るようで、男らは席をまわりながら、次々に盃を満たしている。ついに棟梁も席を離れて、参列者の前にやってきた。盃を上げ、酒で満たして次の席へ移っていく。

擬似的な宴会が行われているのだと春菜は思った。

わずか後、仲人役の女とともに新郎新婦が立ち上がった。絹で織られた打ち掛けの裾を、あの美人がさばきつつ、仙龍とマサは婚礼の部屋から去っていく。その先に二人の男が待っていて、ひざまずいて踏み台を押さえ、草履を揃えて前に置き、新郎新婦を庭に立たせた。

リーンンン……耳の後ろで音がしたので、春菜は驚いて首を回した。さっきまで寄り添うようにいた男は、跡形もなく消えていた。

庭では花嫁が打ち掛けの裾をからげて持ち上げ、空いたほうの手を仙龍に差し出していた。白無垢の袖から覗く細い指。その指に、尖った爪が伸びている。仙龍は無言で手を取って、刹那、チラリと春菜を見た。

今さら何を言えようか。胸も、心も、息さえも詰まったまま、自分と仙龍の間に蠢く見えない壁に遮られ、それでも春菜は必死に仙龍を追っていく。せめて心は、と、春菜は願った。自分がサニワというのなら、わけのわからないその力よ、仙龍を守れ、と胸に念じる。屈強な男たちに先導されて、さりさりと草履の音を立てながら、仙龍と花嫁は座敷牢のほうへ歩き出す。そのとたん、ずんっ！　と、大きく離れが揺れた。膳が弾けて盃が転がり、藤沢家の人々は表情を強ばらせたが、さすがに誰ひとり悲鳴を上げる者はない。それを合図に隠温羅流の職人たちは立ち上がり、無言で膳を片付けはじめた。

見立て祝言は終わったのだ。

座の真ん中に和尚が立って、指一本を口に当て、最初に藤沢家の人々を、次いで春菜と教授を見た。その脇に棟梁も立ち上がっているが、いまだ苦虫を嚙み潰したような顔をしている。庭の奥からメラメラと燃える松明が、離れの外に運び込まれた。薪の匂いが鼻をつき、火の粉が天に舞い上がる。空には虹色の雲が流れており、抜けるように白い月が照る。その下を、ひとつ、またひとつと白いものが飛び去っていく。握った手に入るほどの球体で、蛍光色に発光し、長く尾を引いて飛んでいく。

祝言に参列していた者たちが、帰っていくのだと春菜は思った。

「これより先は秘中の秘にて」

どこかで聞いたフレーズで、雷助和尚が口火を切った。おまえたちはまだ何も喋るなと、人差し指を口の前に立てている。

「ひとたび庭を出たならば夜明けまで、決してこの庭へ立ち入らぬよう。方々の胸に納めたヒトガタは、庭の松明にくべていかれよ。そののち体を清浄にして、休まれるがよい。後は我らが収めるゆえな」

そう言うと、和尚は立てた人差し指で庭を示した。そこには隠温羅流の男らが、屹立して待っている。はじめに館長と奥さんが、次いで息子とその妻が、老いてなお矍鑠とした先代の妻や一族の者らが席を立ち、次々に庭へ出ていくのを春菜と教授は見守っていた。

「ささ。娘子の番じゃ。ヒトガタを燃やすがよいぞ」

ようやく和尚にそう言われて立ち上がったときには、さらに時間が過ぎていた。

庭に出ると、膝ほどの高さの焚き火台で、火はまだ赤々と燃えていた。小林教授と並んで春菜は、自分のヒトガタを炎にくべた。ヒトガタはクルリと丸く腕を曲げ、すぐチリチリと燃え上がり、小さな火の粉が宙に舞い、あっという間に失せてしまった。

「それでようがす。さ、因を解いておくんなせえ。よーく、我慢しなすった」

棟梁が、ねぎらうようにそう言った。白布を外すとようやく澄んだ空気が吸えて、春菜は思わず深呼吸した。いつの間にやら風は戻って、胸に染み通るような夜の匂いだ。

隠温羅流の男たちも次々にヒトガタを火にくべて、それから白布を外していく。改めて見ると二十代から六十代以上まで、多様な年齢の職人たちだったとわかったが、儀式の間は全員が同じ体格、同じ年齢の同じ人々に思えたことが驚きだった。引き留めてくれた仙龍似の職人を探したが、明かりは今や松明だけで、離れるほどに暗くなり、全員の顔は見えない。

「祝言は滞りなく終えたがの。問題はここからじゃ」

ヒトガタの代わりなのか、持っていた数珠を火に投げ込んで、雷助和尚は懐からさらに太い数珠を出す。棟梁も紋付き袴を脱ぎ捨てて、白い法被を自らまとった。

「どうするの？」

春菜は二人に訊きながら、衿に忍ばせた巳亀の守り袋をまさぐっていた。

「この先は仙龍の首尾じゃわい。が、しかし、綿帽子に隠れた女の顔を見たかのう？　さしもの儂も胆(きも)が縮んで、何度も呑まれそうになったわい」

「あっしもだよ。こんなやり方は気が進まねえが……」

棟梁はそう言うと、

「おう、青鯉(あおこい)、軔(はどめ)、転(ころ)、茶玉(ちゃだま)」と、四人の職人を呼び寄せた。

「悪いがおめえら、盾になれ。若が命がけで封じる相手だ。何が起きようと、決して相手を蔵から出すんじゃねえぞ」

それだけで、四人は何をすべきか悟ったようで、和尚と棟梁について蔵へ向かった。白い経帷子を着たままで、その後ろから春菜と教授が続く。足下の灯籠はまだ灯っていて、点々とつながる明かりが蔵の内部へ消えていく。春菜ら八名がちょうど蔵にさしかかったとき、中からあの美人が現れた。

「あ。棟梁」

と、足を止める。月明かりの下で見ても、やっぱり美人だ。

「悪かったねえ、珠青さん。こんな役を頼んじまって」

「棟梁こそ。それにあたしはこういうの、嫌いなほうじゃないんですから」

「珠青どの。いつ見ても美人じゃのう」

横から雷助和尚も口を出したが、珠青という美女は和尚の胸元を指先で突くと、

「和尚。おべんちゃらはいいから頼みますよ？　仙龍さんに何かあったら、あたしがタダじゃおきませんからね」

と言い捨てて蔵を出る。すぐ先に職人が待ち受けていて、珠青は振り向きざま春菜と教授に頭を下げて、裏門のほうへ出ていった。

彼女が誰なのか、詮索するのはもうやめた。その動きがあまりに自然で流れるようで、すべてを熟知していると思えたからだ。彼女は自分よりずっと、ずっと、隠温羅流の事情に詳しいらしい。仙龍との付き合いの深さがまったくもって違うのだ。

それでも春菜は、今夜だけでもサニワとしてここにいようと心を決めた。巳亀の守り袋を持っていてほしいと、仙龍に言われたのは彼女じゃない、自分なのだから。

春菜は精一杯に息を吸い、和尚に続いて蔵へ入った。


月明かりが届かない蔵の内部は漆黒に近く、頼りない灯籠の火が足下にだけ灯っていた。内部の臭いは凄まじく、饐えたような血の臭いと、白粉の匂いが渦巻いていた。鬼灯(ほおずき)のように膨らんだ明かりが、点々と座敷牢のほうへ続いている。

春菜と和尚と教授を廊下へ招くと、棟梁は、立ち入り禁止の柵が置かれていた場所に四人の男たちを横並びにした。彼らは座敷牢に顔を向けて仁王立ち(におうだ)になり、そのまま、また、固まってしまった。マサの悪霊がここを通れば、この中の誰かが犠牲になるのだ。男たちの鬼気迫る表情を見て、そんなことを春菜は思った。

「仙龍は?」小声で聞くと、

「中でさぁ」

と、棟梁が答える。そうして彼を先頭に、和尚が、春菜が、教授が続いた。上も下も左も右も鬱々たる廊下には、点々と明かりだけが並んでいる。その先にぼんやりとした入り口があって、内部に赤々と行灯の火が燃えていた。そろそろと近づいていくと、中にふたつの人影があり、敷かれた寝具が行灯の火を照り返し、夕陽(ゆうひ)の朱に染まっていた。

打ち掛けも紋付きも脱ぎ捨てて、たっぷりとした布団の上に、仙龍と花嫁はいた。単衣姿の仙龍が片膝をついて、立ちんぼの花嫁の帯を解いている。それがコーイチであると知っているのに、なまめかしさに息を呑む。

するりと帯が解かれて落ちて、花嫁の体を覆うものは、織り地の見事な白い襦袢ばかりになった。だらりと下がった両手を取って、仙龍は花嫁を座らせる。そのまま肩に手を置いて、布団の上に押し倒し、行灯の明かりを吹き消した。儚い火が消えるとき、仙龍の首に伸ばした花嫁の手が、一瞬見えて、真っ暗になった。春菜は声も出ぬままそれを見ていた。刹那、「いいか」と、仙龍の声がした。

棟梁が身構えて、和尚は数珠を振り上げる。

次の瞬間、白いサラシに股引き姿のコーイチが暗闇の中からまろび出てきた。一回転して起き上がるや、引き戸に手を掛け身構える。が、続いて出てくるはずの仙龍が来ない。

「社長っ？」

呼びかけると、「ううっ」と呻く声がして、そのまま何も聞こえなくなった。

棟梁を振り向いたコーイチの顔が引き攣っている。

棟梁は和尚を見、明らかに和尚はうろたえていた。

「何？　どうなってるの」

我慢ができずに春菜が訊く。和尚は何も答えなかったが、何かまずいことが仙龍の身に起こっているのは確かだった。考えている暇はない。考えるより先に、春菜の体は動いていた。止めようと腕を伸ばした棟梁を突き飛ばし、春菜は座敷牢へ飛び込んだ。

「仙龍ーっ！」

叫んでみるも、闇だった。上も下も、右も左もない漆黒の闇。明かりがあるとき見た光景を、春菜は必死に思い出す。足下には脱いだ打ち掛け。綿帽子。部屋の中央に大きな布団。枕元におかれた不気味な式台。あと、行灯と、衣桁と……

「仙龍ーっ！」

這いつくばって床を探ると、べっとり湿った畳があった。畳は激しくささくれて、古い血の臭いがしている。ふふふ……ふふ……女の笑う声がした。

「どこなの？」

伸ばした手が布団に触れる。そして春菜は総毛だった。真新しかったはずの布団が裂けて、中から綿がはみ出している。綿には何かがついていて、指先がぬるりとした。鼻の先に指をやり、それが血液だとわかったとき、恐怖よりも怒りが勝った。

「仙龍……」

闇雲に腕を振り回し、温かいものに手が触れた。筋肉質の男の腕だ。しがみつき、たぐり寄せると、細いものが絡んできた。髪の毛だとすぐにわかった。

――お出やれ……こっちへ……のう……いいもの見しよう……ふふ……ふふふ――

真っ暗闇で目が利かなくとも春菜にはわかる。死霊は仙龍にまつわりついて、その首を狙っている。離れでマサにリンクしたとき、春菜がやろうとしたように。

どうしよう。どうしよう。離れないように片手は仙龍に触れたまま、春菜はもう片方の手であたりを探った。すると間もなく、固くて冷たいものに指先が触れた。八角神社の金精様だ。仙龍の胸のあたりには、彼のヒトガタがあるはずだ。頭を使え。思い出せ。なんのための、私はサニワだ。頭を使え、思い出せ。

「あまぶれ臭え、あまぶれ臭えっ」

あの晩マサが叫んだ言葉が、思わず口をついて出た。

「坊主に炙られてザマ見たことか。山女、へちゃむくれ」

仙龍に絡みついていた髪がずるりと動き、春菜の心臓に突き刺さった。ような気がした。金精様から手を離し、春菜は懐の守り袋を握りしめる。

「おめえなんか、りんの足下にも及ばねえ。欲しいものは何ひとつ、おめえの手には入らねえ。これを見ろ、りんの守り袋を。おめえじゃない、巳亀はあたしにくれたんだ！」

握った手に力が加わり、動かすことができなくなった。凄まじい力で押さえてくるのは、骸骨の感触だ。爪が食い込み、手首が折れそうになる。それでも春菜は怯まない。片手は仙龍に、片手は守り袋に。ギリギリと締め上げられて意識が飛びそうになったとき、ついに仙龍の腕が動いた。暗闇の中にいたけれど、彼が起き上がって春菜の手を取り、守り袋を奪って投げるのがわかった。瞬間体が軽くなり、春菜は仙龍に抱きかかえられて、座敷牢の外へ転がり出ていた。

「今だっ、閉めろ！」

と、仙龍が叫ぶ。とたんに赤欅の木戸が閉まって、そこに仙龍はお札を貼った。上に一枚。下に一枚。中央に一枚。左右に一枚ずつ。九字を切り、因を結ぶことしばし、仙龍はそのままどうっと廊下に倒れた。

「若！」「社長！」「仙龍！」

叫ぶ声が重なって、棟梁は盾になっていた四人の男たちを呼んだ。

「明かりだ。明かりを持ってこい！　それと酒！　酒と水！」

ドタバタとけたたましく音がするのを、腰が抜けた状態で春菜は聞いていた。あの瞬間、仙龍は自分のヒトガタを外して金精様に貼り付けたのだ。闇の中でも春菜にはわかった。座敷牢に閉じ込められて変化したマサの姿もまた、その一瞬で確認していた。

仙龍は血まみれだった。首と胸には爪痕があり、皮膚が裂けて夥しく出血していた。全身に長い髪の毛がまだ絡みついていて、単衣ははだけ、サラシに千切れた跡があった。

仙龍を明かりで照らし、男らが持ってきた酒を口に含むと、棟梁はそれを傷口に吹きかけた。仙龍は顔をしかめて呻き声を上げ、男から受け取った水をごくごく飲んで、ようやく床に上体を起こした。

「大丈夫か？」

と、春菜に訊く。

春菜のほうはと言えば、死霊に摑まれた場所が、真っ黒な痣になっていた。

「大丈夫なわけないでしょ」

怒りを込めて春菜は答えた。

暗闇で見たマサは、六本の腕、六本の足、六つの乳房を持っていた。口は裂け、長い舌は二枚あり、下腹部は巨大に膨れて垂れ下がっていた。そのあさましさと異様さは、般若の面を持つ女郎蜘蛛のようだった。

「大丈夫なわけないじゃない」

と、春菜はもう一度言った。全身がガタガタと震えてくる。

「どれだけ人を心配させれば気が済むのよ！　自分勝手もいい加減にしてよ！　なんなのあの化け物は、なんなの、あの……」

あとは言葉にならなかった。今さらのように、饐えた臭い、引き裂かれた寝具、仙龍の血を指で感じた瞬間が、頭の中を駆け巡っていた。

「化け物などと言ってくれるな」

憔悴しきった声で仙龍は言った。薄く笑っているようでもあった。こんなにけがをさせられて、命すら取られるところだったというのに、まだマサを庇おうというのか。

「すべての悪縁には因がある。人は人だから、間違いも犯す。許してやれ」

その物言いが切なくて、春菜は胸を摑まれた。心から、この男のことが好きだと思った。

「春菜さんもけがしてるじゃないっすか」

コーイチが言って、和尚がそばへやってくる。春菜はすかさず、

「お酒ブー！ とか、厭だからね」

と、牽制した。酒好きの和尚は残念そうな顔をしたが、代わりに小林教授が濡らした白布で痣の手当てをしてくれた。

仙龍は自力で立ち上がることができず、男二人に抱えられてようやく立った。わずかの間に一回りくらい瘦せてしまって、春菜はますます切なくなって、闇雲に湧いてくる怒りを止められない。心配が高じすぎると、人は頭にくるようだ。

「心配させたのは悪かった。それに、おまえにまでけがをさせるつもりはなかった」

「姉さん。あっしからも礼を言いやす。姉さんがいなかったら、若は戻ってこられなかったことでしょう」

「誠に誠に。それにしても……娘子の無謀さを知ってはいたが、よくもあそこへ飛び込んでいったものだのう。いや、恐れ入った」

無精ひげをさすりながら和尚も言った。

「座敷牢は完全に彼岸へ通じていたものを、それを娘子は、仙龍を連れて舞い戻ったとな。ひょっとすると、珠青どのに勝るサニワなのかもしれぬのう」

「彼岸って何よ」

怒りついでにそう訊くと、教授も和尚もコーイチも、棟梁も男たちも無言でいる。

「うそ……え？　真っ暗で何も見えないと思ったけど、あれって、こっちじゃなかったの？」

「正確にいいますとマでしょうねぇ。彼岸と此方(こなた)の端境(はざかい)とでもいいますか」

小林教授はニコニコ笑っている。

「春菜ちゃんは、貴重な体験をしましたねぇ」

「冗談はやめてください、教授まで。今さら私を怖がらせようなんて」

「いや。確かにね」

青鯉と呼ばれた男が白い歯を見せた。

「初めてあなたを見たときは、コーイチの野郎が、跳ねっ返りのとんでもないサニワを連れてきたと思いましたが……」

別の一人が先を続ける。

「珠青さんを超えるとはねぇ。さすがは社長、お見それしました」

「だから珠青さんってなんなのよっ」

ついに春菜は叫んでしまった。その答えを聞く覚悟をしながら。

「珠青さんは社長のお姉さんすよ？　今夜、俺の介添え役をしてくれて……あれれ？　春菜さん、見ませんでした？」

「お姉さん？　仙龍の？」

「そっすよ」

コーイチは澄ましている。

「隠温羅の女たちは、みな気が強くてね」そう言って棟梁は春菜を見た。「大丈夫。あんたも負けちゃぁいませんよ」

「お姉さん……仙龍の……」

春菜は全身の力が抜けて、腑抜けたように廊下に倒れた。教授と和尚に両手を引かれ、コーイチに抱き起こされると、なぜか突然泣けてきた。

「わ、春菜さん、どーしたんすか。どっか痛いとかっすか？　あわわわわ」

泣けてきた、泣けてきた。涙のわけは春菜にもちっともわからなかったが、

「サニワゆえ、涙で障りを浄化するのじゃ」

と、和尚は言って、思うさま春菜を泣かせておいた。

悲しみは怒濤のごとく押し寄せて、全身の水分を絞り出すようにして春菜は泣いた。それが自分の悲しみなのか、それとも安堵の涙であるのか、マサや、りんや、この屋敷に暮

らした女たちや、男たちのものであるのかもわからずに、ただ声を上げて泣き続ける春菜の隣で和尚が経を読み、座敷牢に封じたマサの安泰を念じ続けた。

廊下に漂う凄まじい臭気がいつしか薄れ、外から射し込む朝の光に線香の香りが混じるまで、和尚と教授と隠温羅流の者たちは、マサの魂の平安を念じて黙禱(もくとう)を続けた。

エピローグ

封印を終えて廊下が塞がれ、展示ケースに強化ガラスが入った日に、長坂が退院したと、春菜は小谷から電話を受けた。病院で確認したとき、長坂は展示ケースの設置を許可したくせに、現場が完成してしまったのを知ると、烈火のごとく怒りだしたというのであった。

今回春菜は長坂建築設計事務所とはなんの縁もないのだが、竣工検査直後に展示物の設置に入る予定もあるので、小谷を助けるために素知らぬ顔で現場へ向かった。

すでに清掃作業を終えて展示を待つばかりになった現場では、長坂が小谷に怒鳴り散らしているところだった。

「お疲れ様です」

コーイチを見習って、取り込み中に水を差す元気な声でそう言うと、小谷は助かったとばかりに顔を上げ、長坂は真っ赤な顔で振り向いた。

「わあ、長坂所長。お元気になられたんですね。よかったあ」

わざとらしくそう言って、春菜は長坂の前に立つ。

「竣工おめでとうございます。さすがは所長。衣装を展示するケースをここに。素晴らしいアイデアですねっ」

怒り心頭に発していた長坂は、物凄い形相で春菜を睨んだ。

「なんであんたがここにいるんだ」

「展示物の打ち合わせです。こちらの常設展示を担当することになりまして」

「まさか、あんたの入れ知恵とかじゃないよねえ？　工事のさ」

「工事のって、なんですか？」

長坂が目をつけていた水屋簞笥はとても豪華なものだったので、新しい蔵の正面に、当時の資料として展示されることになっていた。堅牢な簞笥をディスプレイして、その棚に、屋敷に生える和の植物を飾ろうというのだ。間接照明を加えれば、見事な装飾として人目を惹くことだろう。

「あっ、そうそう。そういえば所長、聞きました？」

春菜はわざとらしく手を叩いた。

「ちょうどこのへんに、立ち入り禁止の場所があったらしいんですけどね、そこに『泥棒』が入った形跡があったんですって」

泥棒という部分に力を込めて、春菜は長坂を横目で睨む。

「泥棒？」

長坂は目を逸らした。

「厭ですよねえ。この簞笥を」

と、水屋簞笥を手で叩き、

「持ち出そうとしていたみたいで」

「なんでそんなことがわかるんだよ。あ？」

長坂が目を剝くのを待って、春菜はしれしれと言ってのけた。

「職人さんが亡くなったとき、刑事さんが来たんです。そのとき聞いたんですけど、立ち入り禁止で誰ひとり入っちゃいけないことになっていた場所に、新しい血の跡があったんですって。刑事さんは、簞笥の金具で手を切ったんだろうって」

長坂は顔色を変えた。

「たぶんこの水屋簞笥と、あとは古い建具なんかを、勝手に持ち出そうとしたんじゃないかと言っていました。塞いでしまえばわからないから」

「そ、そんなせこい真似をする業者がいるとは思えないね」

頭を下げた姿勢のままで、小谷がチラリと春菜を見る。春菜は長坂に微笑みながら、

「もちろんです。業者じゃなくって、泥棒のすることですから」

と、語気を強めた。

「それで？　泥棒は捕まったのか？」

長坂の顔色が真っ白になっていくので、ざまあみろと春菜は思う。

「どうでしょう。実質の被害はないので、館長さんは穏便にしたいと言っていらしたようだけど、刑事さんは念のため、血液のサンプルを……」

「小谷君」

長坂は話を逸らした。

「竣工書類を急いでくれよ。ぼくは忙しいんだから、すぐに請求をあげられるように」

失礼すると春菜に言って、長坂は蔵を出ていった。それを待って小谷も、ようやく姿勢を正す。

「高沢さん、助かりましたよ」

「いえ、別に。私は世間話をしただけですから」

「それにしても、刑事さんが血液のサンプルを取っていったって本当ですか？　林さんが亡くなった日ですか？　あのときに？」

「私、そんなこと言ってませんよ」

春菜はニッコリ微笑んだ。

「血液のサンプルを、取りに来たら面白いですねって、そう言うつもりだったんです」

小谷は目を丸くして、それから「ははは」と、静かに笑った。

「弊社は今夜から展示物の搬入に入ります。小谷さん、お疲れ様でした。間に合わせてくださって、ありがとうございます」

深く深く頭を下げて、春菜は小谷と現場を交代した。

間もなくアーキテクツの下請け業者がやってきて、蔵に展示物を飾りはじめる。数日後にはこの蔵にもたくさんの見学者がやってくるだろう。春菜の仕事はその後も順調に決まっていて、非公開だった離れを開放する仕事を館長から受けていたのだった。

「なんとなれば」

と、和尚は言ったものだった。

「染みついてしまった障りを流す生者の力が必要じゃ。入れ替わり立ち替わり離れに生気を運び込み、笑い、あるいは癒やされ、それらで障りを上書きするのだ。建物は生きておる。新たな息吹(いぶき)で、共々に生まれ変わるのが一番であるからのう」

それには内装工事を施して、破れた障子、裂かれた畳、おぞましい事件の記憶が残る部分を化粧してやる必要がある。完成した蔵から、正面に立つ離れを見つめて春菜は、「よし！」と、自分に気合を入れた。

数日間の展示作業がようやく終わろうかという日の夜十時過ぎ。図面と首っ引きで作業の進行を見守っていた春菜に電話が入った。仙龍からだった。

「遅くにすまない」

と、仙龍は言う。座敷牢で受けた傷は思ったより重く、あの後仙龍は二日ほど熱を出して寝込んだという。春菜のほうは痣だけで済み、その痣も二日後には消えてしまった。

「別に。夜間作業中だからいいけれど。そっちはどうなの？　体のほうは」

「心配ない。それよりも……」

『ととっ毛の里・悠々ホーム』でたった今、藤沢巳亀が息を引き取ったという連絡だった。百歳と二日。彼女の長い人生は、静かに幕を下ろしたのだった。

後片付けに入った職人たちから離れて、春菜はひとり庭に出た。煌々とライトが灯る蔵の外には秋風が吹いて、黒松の枝を揺らしている。流れる雲に月は隠れて、ぼんやりとした明るさだけが、月のありかを告げていた。

「そうなの……亡くなったのね。巳亀おばあちゃん……」

たった一度会っただけの人ではあるが、春菜は彼女の死を悼む。

「約束を果たさなければならないが」

一緒に行くか？　と、仙龍は訊き、

「もちろん行くわ」と、春菜は答えた。

岩石町の光楽寺は、町なかの小さなお寺であった。市街地の真ん中あたりにあるために、墓所は別の場所にあるのだが、古い無縁仏の墓だけは、今も敷地の隅にひっそり残されているのだと住職は言う。巳亀の遺骨は小さくて、両手に収まるほどの骨壺(こつつぼ)にわずかな骨が残るばかりで、施設の職員がそれを抱き、立会人は仙龍と春菜、そしてコーイチと小林教授だけだった。実は和尚も来ていたのだが、本職の坊主と顔を付き合わせるのは難儀だと言って、車を降りようとしなかった。

　無縁墓地には抱えられるほど小さな石の地蔵が並んでいて、その中の、顔半分が欠けて剝がれた地蔵の下に、巳亀の遺骨は埋葬された。今はその場所に骨を入れる者もなく、別所に建立された新しい無縁墓に入りたがるのが普通であるのに、この婆さんは自分でそれを頼みに来て、お布施も置いていったのが奇特であると住職は笑う。

　それにどんな理由があるのか、春菜は知っていたが黙っていた。

　地蔵を動かし、芝台(しばだい)をどかすと、湿った小さな穴があり、そこに白々(しらじら)と生々しい骨がある。これがりんなら、百年近くも経つというのに、なるほど妹が来るのを待ちわびていたのだろうと春菜は思い、それに降りかけるようにして巳亀の遺骨を入れさせてもらった。

　芝台を戻し、地蔵を据えて線香を上げ、水を上げ、施設が用意した供花の脇に、春菜はわざわざ野に出て手折(たお)ってきた秋明菊(しゅうめいぎく)を二輪置く。職員と春菜はひざまずき、その後ろに仙龍らが立って、一行は欠けた地蔵に両手を合わせた。線香の煙は低く、天に向かわず地面に流れる。駐車場で和尚が読経する声が、頭の裏側を通っていく。

　しばし黙禱して目を上げたとき、痩せて透き通った一対のトンボが枝垂れ桜の枝を避(よ)け、大空へ舞い立っていくのが見えた。

恋しても、恋しても……春菜は小さなため息をつく。

恋すてふ　わが名はまだき立ちにけり　人知れずこそ思ひそめしか

古い歌が頭に浮かんだ。ふたりはあの世へ逝けただろうか。そうして巳亀は、姉の異常な執着を、甘んじて受け入れられるのだろうか。

風はゆき、季節は巡り、やがて冷たい雪が降る。せめて、と、春菜は重ねて思う。せめてこの冬からは、ずっと、ふたりは温め合えるのだろうかと。

立ち上がって地蔵に背を向け、施設の職員に別れを告げて、和尚が待つ駐車場へ向かうとき、春菜は仙龍にこう言った。

「私、仙龍のお父さんに会ったわよ」

仙龍は振り向かず、「そうか」と、だけ言った。

「パグ男を病院に引き留めてくれたの、お父さんだったんじゃないかしら？　あと、見立て祝言のときは私の隣にいてくれた。眉と目が仙龍そっくりだったから、わかったの」

「昇龍さんも男前でしたからねえ」

小林教授は笑っている。

「わあ、俺も会いたかったっす。春菜さんと小林先生は正面にいたんだから、俺にも見えたはずなんだけど、あんときは何がなんだかわからなくって。残念だったっす、いや、マジで」

「それ、本気で言ってる？　教授？　コーイチも」

「本気っすよ？　え？　だって、会ったんでしょ？　春菜さんが」

「それはそうだけど……」

　仙龍はただ、笑っている。

「昇龍さんは息子のことが気がかりだったんでしょうねえ。なんといっても、自分が封じた隠温羅流の因を、仙龍さんが再び封じることになってしまったんですから」

「そっすよそっすよ。そっすよねー」

　小林教授とコーイチは意気投合して先を行く。こういう話を丸ごと受け入れてしまう仲間たちが、春菜はなんだか愛しく思えた。

「腕の傷は治ったか？」

「全然平気。若いから」

　そう言って、春菜は笑った。

「ねえ、仙龍。あのときどうして、巳亀おばあちゃんのお守り袋を私に持たせたの？」

「おまえを守るつもりだった。あれがあれば、万が一のときはそっちに注意が向くだろうと。よもやおまえまで座敷牢に飛び込んでくるとは思わなかったが」

　仙龍は、少しだけ微笑んでいる。

　駐車場ではみんなの帰りを待ちきれず、和尚が外で一服していた。

寺を出るとき、春菜はもう一度だけ振り向いた。冬の気配が漂う空で、りんの笑う声がしたようだった。

【信濃の豪商藤沢本家博物館】

広大な敷地を誇る藤沢本家は、三百年余の歴史を余すところなく現代に伝える貴重な資料として多くの見学者を受け入れている。ここでは敷地内部に残る『ぼた餅石積み』の石垣が市の指定有形文化財になっているほか、忍び門を含む蔵数個が現在、文化財の指定認定を待っている。敷地内の庭は春、夏、秋、冬と四季折々の意匠を凝らし、年間を通じて訪れる者を魅了する。

『坂と蔵のまち糀坂町』のキャッチフレーズは、当館が生まれたことによって制定されたものである。

参考文献

『家が動く！　曳家の仕事』（社）日本曳家協会編（水曜社）

『木の素材』http://www.tobunken.go.jp/~ccr/pdf/28/pdf/02804.pdf

『小倉百人一首』壬生忠見

『ファッションと風俗の70年』婦人画報社

『民家と西洋館』信州郷土史研究会解説・写真（信濃毎日新聞社）

『街道と宿場』三橋秀年写真・信州歴史の道研究会解説（信濃毎日新聞社）

『物語　日本近代殺人史』山崎　哲（春秋社）

本書は書き下ろしです。

この物語はフィクションです。実在の人物・団体とは一切関係ありません。

今日の観点からは、差別的、あるいは差別的と受け取られかねない語句や表現がありますが、当時の時代背景を正確に伝えるためであり、差別を助長するためのものではございません。

〈著者紹介〉

内藤 了（ないとう・りょう）

長野市出身。長野県立長野西高等学校卒。2014年に『ON』で日本ホラー小説大賞読者賞を受賞しデビュー。同作からはじまる「猟奇犯罪捜査班・藤堂比奈子」シリーズは、猟奇的な殺人事件に挑む親しみやすい女刑事の造形がホラー小説ファン以外にも広く支持を集めヒット作となり、2016年にテレビドラマ化。

憑き御寮 よろず建物因縁帳

2018年1月22日 第1刷発行
2025年4月11日 第6刷発行

定価はカバーに表示してあります

著者……………………………内藤 了

発行者…………………………篠木和久
発行所…………………………株式会社 講談社
〒112-8001 東京都文京区音羽2-12-21
編集03-5395-3510
販売03-5395-5817
業務03-5395-3615

KODANSHA

本文データ制作……………講談社デジタル製作
印刷…………………………株式会社KPSプロダクツ
製本…………………………株式会社KPSプロダクツ
カバー印刷…………………株式会社新藤慶昌堂
装丁フォーマット…………ムシカゴグラフィクス
本文フォーマット…………next door design

ISBN978-4-06-294106-8 N.D.C.913 308p 15㎝

よろず建物因縁帳シリーズ

内藤了

鬼の蔵

よろず建物因縁帳

山深い寒村の旧家・蒼具家では、「盆に隠れ鬼をしてはいけない」と言い伝えられている。広告代理店勤務の高沢春菜は、移転工事の下見に訪れた蒼具家の蔵で、人間の血液で「鬼」と大書された土戸を見つける。調査の過程で明らかになる、一族に頻発する不審死。春菜にも災厄が迫る中、因縁物件専門の曳き屋を生業とする仙龍が、「鬼の蔵」の哀しい祟り神の正体を明らかにする。

オキシタケヒコ

おそれミミズク
あるいは彼岸の渡し綱

イラスト
吉田ヨシツギ

「ひさしや、ミミズク」今日も座敷牢の暗がりでツナは微笑む。山中の屋敷に住まう下半身不随の女の子が、ぼくの秘密の友達だ。彼女と会うには奇妙な条件があった。「怖い話」を聞かせるというその求めに応じるため、ぼくはもう十年、怪談蒐集に励んでいるのだが……。ツナとぼく（ミミズク）、夢と現（うつつ）、彼岸と此岸が恐怖によって繋がるとき、驚天動地のビジョンがせかいを変容させる——。

心霊科学捜査官シリーズ

柴田勝家

ゴーストケース
心霊科学捜査官

イラスト
巖本英利

地下アイドル・奏歌のCDが誘発する、ファンの連続自殺事件。CDの呪いの科学的解明に挑むのは、陰陽師にして心霊科学捜査官の御陵清太郎と警視庁捜査零課の刑事・音名井高潔のバディ。奏歌は自殺したアイドルに祟られているという。事件の鍵となる、人間が死後に発する精神毒素《怨素》を追って、地下アイドルの光と影に直面した御陵と音名井が導き出す「呪いの構造」とは？

心霊科学捜査官シリーズ

柴田勝家

デッドマンズショウ

心霊科学捜査官

イラスト
巖本英利

映画監督・小平千手が撮影する映画『生きている人達』シリーズの出演者が次々にバラバラ死体で発見された。映画にかけられた呪いなのか。陰陽師・御陵清太郎と刑事・音名井高潔は捜査に乗り出すが、謎は深まるばかり。無情にも新作の撮影が続行されるなか、次の犠牲者を防ぐために霊捜研の研究員・曳月柩が持ちかけたとんでもない提案とは……⁉　心霊捜査ミステリ第2弾！